I coralli

www.einaudi.it

ISBN 978-88-06-18562-6

Giacomo Cacciatore

Figlio di Vetro

Einaudi

A Raffaella, per la seconda volta

Figlio di Vetro

Subito riprese la sua solenne andatura, mentre io rimanevo a guardarlo senza piú animo di seguirlo. «Il vecchio, – mi dissi alla fine, – è il genio tipico del delitto profondo. Egli non vuol restare solo. È l'uomo della folla. Invano continuerei a seguirlo, poiché nulla di piú riuscirei a sapere di lui e delle sue azioni».

E. A. POE, *L'uomo della folla*.

Tu hai pensato che la cosa da fare era la cosa furba, la cosa astuta, la cosa ingegnosa. Hai sbagliato. La vita non è complessa. Siamo complessi noi. La vita è semplice, e la cosa semplice è la cosa giusta.

O. WILDE, *Lettera a Robert Ross*, 1° aprile 1897.

Nelle tasche del giubbotto gli hanno trovato una sciarpa, tre tagliaunghie, due pettini, le chiavi di casa. L'elastico del calzino destro ha figliato un coltello da cucina, nastri da regalo, una busta di polvere per fare l'aranciata, limette per unghie, altri pettini. Dalla calza sinistra gli è rotolato un uovo che si è spaccato con un piccolo scoppio.

Chi non si era ancora voltato verso di lui, l'ha fatto in quel momento.

A quelli che lo hanno fermato ha detto un nome. Loro non hanno capito, e allora lui ne ha detto un altro.

Poi ha chiesto di telefonare.

La tv dei ragazzi

La magia la fanno i colori, cancellando il resto: la sbucciatura al ginocchio che gli brucia da ieri, il negozio, la strada fuori dalla vetrina, e il caldo, che nella sua città si sente anche d'inverno.

È la prima volta che Giovanni ne vede una. Ne ha sentito parlare, ma guardarla da vicino è tutta un'altra cosa.

Cosí se ne sta in piedi davanti allo scaffale, il naso all'insú, a fissare quel gioco che non finisce mai. Pensa: come avranno fatto a metterci i colori, lí dentro? Chissà se spaccandola, quella scatola magica, gli azzurri, i gialli e i verdi spruzzano fuori. Chissà se si può rubarne un pezzetto, anche minuscolo, e poi guardarlo al buio.

Muove la mano in controluce e le dita si trasformano in una farfalla bianca.

Ah, questa scatola che brilla è proprio l'originale, non il pezzo di vetro che vendono nell'ultima pagina del fotoromanzo di mamma: «mettilo davanti al tuo apparecchio e vivi l'emozione a casa tua». Quello, come direbbe papà, è un culo di bottiglia

Invece nel chiarore che Giovanni sta guardando ci si può bagnare. Sprofondarci dentro, sparire. Le immagini sono mute, ma che importanza ha?

Piacerebbe pure alla mamma, quella scatola.

Ecco che cosa può dire Giovanni: *alla mamma piacerebbe.*

L'emozione di un vero tv color. A casa tua.

Suo padre e il proprietario del negozio si stanno osservando. Papà studia il venditore e quell'altro cerca di capire che cosa ci sarà mai da studiare. Ma forse, riflette Giovanni, papà sta solo pensando ai fatti suoi e ha fretta di riprendere il solito giro.

Si avvicina di piú allo scaffale.

Sullo schermo è spuntata la famiglia in pigiama, mamma, padre e bambino che saltano su un materasso, tutti insieme. Li conosce: lui li chiama i bidibodibú. Però chi lo sapeva che il babbo dei bidibodibú ha i capelli e la barba rossi?

Giovanni lo vuole. Vuole, vuole, vuole un televisore a colori.

Da qualche parte ha letto che entro il '78 ce l'avranno tutti, per i mondiali di calcio.

Ci sono i mondiali, papà. E questa scatola è la cosa piú bella che io...

È la cosa piú bella che Giovanni abbia mai visto, quella scatola, e ne ha bisogno, subito, adesso. Perché quando stacca lo sguardo dallo schermo e lo rivolge all'esterno del negozio, verso la linea sporca della strada, è come se gli si strappasse qualcosa nel petto.

Suo padre e il venditore si voltano verso di lui. Interrompono una conversazione fatta di lunghe pause e poche cose da dirsi.

Il negoziante sorride. Papà scuote il capo, non ricambia il sorriso.

Giovanni spera ancora. Trattiene il fiato.

Al venditore, suo padre domanda quanto dura un televisore come quello...

Dura, papà.

... se ne vale la pena, se non c'è la fregatura e se i colori non stingono dopo due giorni che ce l'hai a casa.

Chi gli garantisce che non andrà cosí?

– Lei scherza, – dice il negoziante.

Ma scherzi, papà?

Suo padre si avvicina al venditore. È come se lo annusasse, lo guarda dritto negli occhi.

Giovanni sa già che cosa succede quando suo padre guarda qualcuno in quel modo.

Al negoziante farà un nome sottovoce. O forse stavolta sta dicendo un cognome, sta indicando una strada o un bar. Per capire se possono mettersi d'accordo.

Il venditore non risponde. Lo fissa con l'espressione di chi invece non ha capito proprio niente.

Poco dopo, in macchina, Giovanni comincia.

Gli chiede perché i dolci sí, il pesce pure e il televisore a colori no.

Papà finge di non sentire.

Giovanni allora se ne sta zitto. Gli si sono inumiditi gli occhi.

– Tu vuoi tutto e subito, – dice poi suo padre. – Fai finta che non l'hai mai visto quel televisore. Cosí te lo dimentichi. Sapessi quante volte ho dovuto scordarmele, io, le cose che ho visto. Quelle che mi piacevano e quelle che non mi piacevano per niente. Che fai, non parli piú?

Giovanni fa di no con la testa.

– Meglio cosí. A parlare poco non si sbaglia mai.

Giovanni fissa con ostinazione fuori dal finestrino. Quel discorso lo ha sentito tante volte.

– La lingua non ha ossa, ma le spezza le ossa. Le parole hanno un peso, e tanti di quei significati che un bambino come te manco se li immagina. Quindi un vero uomo che fa?

Silenzio. Suo padre non molla.

– Alle cose che non può avere non ci pensa piú, e deve parlare solo quando...

Giovanni non resiste. L'immagine che suo padre gli propone lo fa ridere ogni volta:

– ... quando piscia la gallina.

– Cioè mai. Bravissimo! Almeno in questo non hai preso da tua mamma. E ora facciamo una prova di dimenticanza. Chiudi gli occhi: dove siamo stati poco fa?

– Al negozio di elettrodomestici. Io voglio il televisore a colori.

– Minchia che testa dura! Ma siete convinti che me le regalano, le cose?

– A volte sí, papà.

Suo padre tace per un istante. Poi dice a mezza bocca: – Che fa la gallina? Ha pisciato?

– No.

– E allora zitto. Lo sa Dio che c'è voluto per infilarsi due lire in tasca, questa settimana –. Papà innesta la marcia, con stizza. – La situazione è critica. L'hai sentito quello che ha detto il signor Matteo.

– No.

– Certo, giocavi.

Giocava, certo. Perché a Giovanni capita di doversi annoiare nel negozio di stoffe sempre vuoto di Matteo Scavone, dove suo padre lo porta un pomeriggio sí e uno no, e di starsene seduto su una scatola di cartone a far volare fili e scampoli o a scarabocchiare su un foglio di carta il tempo che non passa mai. Meglio le pasticcerie, in fondo, cento volte meglio.

– Papà?

– Che c'è.

– Io ci credo a quello che mi dici sempre tu: che non ci fai mancare niente e che lavori notte e giorno, anche quando sembra che passi il tempo a parlare con i tuoi amici.

Silenzio. Promettente.

– Secondo me quel televisore a colori fa male agli occhi, – riprende suo padre.

– No! Ho letto che non è vero.

– Non mi fido di queste cose nuove.

– Ci sono i mondiali di calcio.

– Ah...

Suo padre socchiude le palpebre, forse immaginando la nazionale contro i brasiliani o gli argentini. Azzurro. Giallo. Verde. Celeste.

– Vabbè, – sospira, – fammi vedere che si può combinare.

Giovanni si drizza sul sedile: – Giura!

Suo padre sbuffa. – Che giuro e giuro. Proviamo. Ma a me le cose non le regalano.

E aggiunge che prima dovrà chiedere in giro, capire chi è il negoziante giusto da cui prendere il televisore e poi decidere se è il caso di portarselo a casa.

Senza pagare.

La macchina s'infila in un viale del centro che nei giorni normali è pieno di gente sconosciuta, ma di domenica diventa il posto degli amici di papà. Amici seduti davanti ai loro negozi aperti, anche se di festa dovrebbero restare chiusi; amici che passeggiano a braccetto; amici che salgono o scendono dalle automobili; amici vestiti bene e amici vestiti peggio. Quelli vestiti peggio non hanno nemmeno un negozio: vendono cose sulla via e non vanno a braccetto con nessuno, ma anche a loro papà stringe la mano. Di tanto in tanto i malvestiti allungano il collo verso i benvestiti che entrano nella pasticceria del viale, li salutano da lontano alzando il braccio, ma non si avvicinano mai troppo alle vetrine.

Il fioraio, che quasi si butta sulla loro macchina costringendoli a rallentare, è uno di questi. Appoggia le dita piene di spine sul finestrino della Centoventiquattro, fa un gran sorriso e poi chiede notizie della mamma.

– Sta meglio, – taglia corto papà.

La stessa domanda si ripete mentre Giovanni e suo padre vanno a piedi verso la pasticceria. Ogni volta papà si fa piú scuro in faccia e ogni volta Giovanni vede i colori del suo futuro televisore che vanno sbiadendo.

– La signora? – domanda quello dell'edicola.

– Bene, – risponde secco papà.

– Che si dice a casa? – s'informa uno che li incrocia a pochi metri dalla pasticceria.

– Tiriamo avanti, – allarga le braccia papà.

– Buongiorno. E sua moglie? – s'immischia quello che porta vassoi di rosticceria nel locale.

Papà risponde con un cenno distratto del capo.

– In famiglia tutto a posto? – azzarda a voce alta, da una piazzetta vicina, il posteggiatore abusivo.

– Fatti i cazzi tuoi, – lo secca papà.

Quando entrano nella pasticceria, suo padre è nero. Il televisore a colori, un sogno spento.

Il signore con il cappotto nuovo è l'unico ad accorgersi di Giovanni, a capire che quel bambino zitto in un angolo è costretto a sopportare i grandi e dev'essere sulle spine per qualcosa.

Giovanni lo conosce, ma è la prima volta che lo vede alla Pasticceria Francese. Se lo ricorda vestito peggio di ora, e lontano da lí. Avrà l'età di suo padre, ma non è bello come lui: è troppo magro e ha le mani troppo grandi, spruzzate di piccoli tagli neri che non vanno d'accordo con il suo cappotto elegante. Lí in pasticceria se ne sta un po' in disparte, come in castigo. Con lo sguardo basso ascolta le chiacchiere degli amici di papà facendo un passo indietro e uno in avanti, quasi avesse paura di avvicinarsi di piú alla compagnia. Infila solo qualche parola ogni tanto, ma per il resto muove le labbra in silenzio, come se ripetesse a mente una tabellina, quella del sette o del nove che non tornano mai. Poi indurisce le mascelle e si aggiusta il bavero, forse perché si rende conto all'improvviso di dove si trova e che deve darsi un contegno. Gli amici di papà sembrano nati dentro la Pasticceria Francese, ci stanno come a casa loro. Toccano tutto, prendono tutto, aprono porte, pagano il caffè a chi arriva e si riuniscono sempre nello stesso angolo del bancone. Ma quell'uomo e il suo cappotto, riflessi in una colonna d'alluminio della pasticceria, sembrano una goccia di mercurio solitaria, di quelle che si staccano quando il termometro si rompe e non sanno che direzione prendere. L'uomo con il cappotto nuovo sorride di tanto in tanto a papà. Non si azzarda a farlo con gli altri.

Ora quel suo sorriso incerto lo sta rivolgendo a Giovanni, che cerca di ricordarsi bene dove l'ha visto l'ultima volta.

Era in una piazza con dei bar senza vetrina, né caramelle né cioccolatini, accanto a una Centoventisette con lo sportello aperto.

Piú tardi, papà gli spiegherà che quel tipo si chiama Nunzio. È stato un contrabbandiere di sigarette, ma ora gli hanno permesso di farsi vedere in pasticceria. Se saluta tu rispondi, raccomanda papà, se ti fa domande di': non lo so.

– Cos'è un contrabbandiere, papà?

– Uno che trasporta certe cose.

– Come Matteo con gli scatoloni del negozio?

– Matteo vende stoffe. È un commerciante. Ed è un signore. Tu non fare nomi, quando non li faccio io.

Giovanni obbedisce, ma a volte si vendica. Se proprio non può nominarlo, quel Matteo, si diverte a ricostruirselo a mente.

Matteo ha gli occhiali d'oro e si muove lento, come un prete che prende il calice, spezza il pane, eccetera. Parla col naso. Ha mani sottili, tempestate di macchie marroni. È alto, curvo, mai troppo profumato. Odora di naftalina e di stoffe nuove. Qualche volta lascia la città, e la saracinesca del suo negozio resta chiusa, grigia come un muro, con quell'insegna in cima, «Tessuti», cosí piccola e solitaria che quando è spenta quasi non si vede. Matteo ha sempre una copia di giornale infilata nella tasca della giacca. Non va spesso alla Pasticceria Francese: una domenica ogni tanto. È il gruppo degli amici ad andare da lui, sempre di pomeriggio, e mai tutti insieme; solo due o tre, i piú silenziosi.

Matteo non sorride facilmente. Quando succede è come se gli stessero facendo un'iniezione.

Ora i grandi si spostano tutti verso il bancone perché i caffè sono pronti.

L'uomo con il cappotto nuovo allunga un braccio. Prende la tazzina, fa un passo indietro, se la avvicina alle labbra e ci soffia sopra. Beve in fretta e non sembra gustarsi il caffè.

Uno degli amici di papà gli dà una pacca sulla spalla, forte. Lui ride, la tazzina gli dondola tra le dita, troppo grosse per stare dentro il manico. Il gruppo gli volta le spalle, forma una specie di cerchio. Papà resta un po' indietro, l'uomo con il cappotto nuovo nemmeno prova ad avvicinarsi. Fa di sí con la testa, li guarda per un po', cerca qualcuno da cui andare.

Giovanni abbassa gli occhi e vede soltanto le sue scarpe che gli vengono incontro: mocassini marrone chiaro, a punta, nuovi pure quelli. Gli fanno i piedi lunghi.

– Sei il figlio del Turco? – lo sente chiedere.

Giovanni fa cenno di no, poi annuisce. Perché è cosí che gli amici chiamano suo padre. Il Turco, per via che è scuro, sempre abbronzato. Anche se lui preferisce il vero nome di papà, Vincenzo, e il loro vero cognome, Vetro.

Guarda per un attimo verso suo padre, che adesso è andato incontro a Matteo Scavone. Matteo l'ha chiamato da parte e stanno discutendo, con gesti che sembrano stanchi. Giovanni riesce a indovinare quello che dice Scavone dal movimento delle labbra.

– Tua moglie? – sta chiedendo anche lui a papà, con sorriso metà allegro e metà severo.

Papà, di spalle, increspa il dietro della giacca.

– Ma si è calmata? – insiste Matteo. Non sta piú sorridendo.

– L'avevo capito anche se non me lo dicevi, tu e tuo padre avete la stessa camminata. Identica –. Giovanni si rigira verso l'uomo con il cappotto nuovo, strappandogli una risata. – Che faccia. Prima eri triste e adesso arrabbiato. Che c'è che non va?

– Tutto non va.

– Tutto, addirittura. Quanti anni hai?

– Dieci a novembre.

– All'età tua non si può essere tristi! Lo sai che faccio io quando mi girano le palle?

Giovanni arrossisce.

– Passeggio, – spiega l'uomo. – Da solo, per i fatti miei. Tu no?

– La mamma non mi lascia. Dice che la strada è pericolosa.

– Ti vuole fare crescere fesso?

Giovanni sente un pizzico allo stomaco.

– Fesso chi? – Alza un pugno, lo agita. – C'era uno, a scuola, che mi stuzzicava. Gli volevo storcere il naso, cosí.

– Bravo.

– Però non l'ho fatto piú, ma abbiamo parlato. Alla fine mi ha dato ragione.

– Come si fa con i fessi.

– Cosa?

L'uomo ride sempre piú forte. – Lascia perdere. Io passeggio, – ripete. – Oppure mi bevo un bel caffè.

Giovanni guarda verso il barista.

Gli arriva una pacca sulla spalla. – Ehilà, giovanottino, tu sei ancora piccolo per il caffè. Scegli un'altra cosa. Offro io –. L'uomo indica la cassa.

– Non mi va niente, grazie.

– Mih, ora si è offeso. Manco le caramelle? Facciamo cosí: io mi bevo un altro caffè e tu accetti le caramelle. Quali preferisci?

Ci sono decine di confezioni diverse. A Giovanni piacciono quelle con la carta rossa e il cuore di crema. Ma ci pensa su bene. Una volta suo padre gli ha detto che per andare avanti nella vita bisogna afferrare l'occasione.

– Nessuna. Caramelle no. Io... – Fissa l'uomo con il cappotto nuovo. Lo implora con lo sguardo. – Io voglio il televisore a colori.

Ha salutato in giro prima di uscire dalla Pasticceria Francese. Non tutti gli hanno risposto. Alcuni amici di papà, seguendolo con un'occhiata, hanno mosso la mano, come a smuovere l'aria. Giovanni si è imbronciato, perché suo padre una volta gli ha detto che quel gesto significa «guarda con chi abbiamo a che fare: un niente mischiato con nessuno», e lui pensa che si sbagliano.

Quell'uomo qualcosa è. Gentile, anche un po' buffo. Prima di andarsene gli ha persino stretto la mano. Come si fa con i grandi.

– Televisore a colori? – ha aggiunto, lasciando la frase sospesa nell'aria. Poi l'orlo del suo cappotto ha strusciato contro la porta a vetri del locale, veloce come la coda di un animale che scappa. Insieme a quelle ultime parole promettenti, a Giovanni è rimasto sulle dita il suo profumo forte, dolciastro, che si addensa nel naso. Serrando il pugno sente ancora la potenza della stretta. Uno con la faccia cosí buona ha le dita cosí dure?

– Manco ha messo piede in pasticceria e già il signor Nunzio Cardaci va offrendo caramelle, – dice uno degli amici di suo padre.

– Vuole fare capire che pure i pidocchi hanno la tosse, – aggiunge un altro. – Con il piccolo, va a fare lo splendido.

– Ora mi sente, mio figlio, – sbotta papà.

– Calma, Turco. E che gli ha fatto il sigarettaio al bambino? – dice Matteo. – Una carezza.

Tutti annuiscono. Vero, vero, una carezza gli ha fatto. Una cosa graziosa.

– Come mi devo comportare con lui, Matteo? – chiede papà.

– Poi si vede. Prima bisogna capire che pesce è.

E dopo aver parlato cosí, Matteo Scavone ordina al barista di scegliere bene le paste da mettere nel vassoio per papà. – Fresche, ah? Gli deve mancare solo la parola.

Appena escono dalla pasticceria, quel Nunzio Cardaci sbuca a sorpresa da dietro l'edicola dell'incrocio, con un gran sorriso. – Che negozio era? – s'informa, facendo l'occhiolino. Giovanni saltella, suo padre lo strattona. – Quante volte ti ho detto che non devi chiedere...

– Avanti, zio Vincenzo –. Pure Nunzio lo chiama *zio* anche se papà è di sicuro piú giovane di lui. – Che male ha fatto il bambino? Voleva una cosa e me l'ha confidato.

Papà non fa in tempo a rispondere, perché Nunzio parla piú veloce: – Se le cose belle si possono avere, è inutile aspettare. Giusto?

Giusto, pensa Giovanni.

– Allora andiamo.

Nunzio prende Giovanni a braccetto e insieme vanno fino alla sua Centoventisette. Papà li segue, borbottando.

Quando il negoziante ha visto entrare Nunzio Cardaci, ha smesso di infilare pile in un telecomando. Le batterie gli sono cadute, ed è successa una cosa strana: Nunzio si è trasformato. A Giovanni, da fuori, è sembrato ingigantirsi, raddrizzarsi, cambiare faccia.

Non se ne sta distante dal bancone, adesso, come faceva alla Pasticceria Francese. Ci pianta sopra i gomiti.

– Scusatemi un minuto, – dice a gesti da dietro la vetrina.

Giovanni si concentra sulla faccia del venditore, che non ha piú la smorfia annoiata di quando papà gli ha chiesto informazioni. Sorride, ma come si potrebbe sorridere quando ti hanno pestato un piede. Nunzio intanto gli fa accendere tutti i televisori. Calciatori in allenamento si muovono agili, moltiplicati all'infinito. I mondiali sono a giugno, ma i colori dell'estate arrivano in anticipo.

– Anche quello, – gli fa segno Nunzio, indicando uno schermo piccolo, in cima, l'unico rimasto spento.

Il negoziante si arrampica sulla scala, lo accende. Scivola su un piolo, riesce a evitare la caduta. Scende. Sta in silenzio per un momento. Poi batte una mano sul banco. Nunzio non sposta i gomiti.

– Una volta al mese, avevamo detto, e solo soldi, non la merce, – urla il venditore, e la frase arriva fino in strada.

– Chi è che ti fa restare aperto anche di domenica? – ribatte Nunzio, alzando anche lui il tono, ma senza scomporsi.

– Una volta al mese, avevamo detto, – ripete quello dei televisori, con voce piú debole. Poi abbassa la testa.

Anche papà, vedendo quella scena, ha cambiato faccia.

Quando Nunzio esce gli va incontro, lo prende sottobraccio e lo guarda come se avesse capito, di colpo, *che pesce è*. Il negoziante intanto carica una scatola enorme nella macchina, senza dire una parola.

– Ringrazia questo amico mio, – ordina papà a Giovanni, indicando Nunzio.

Mentre si allontanano in retromarcia, con la scatola nel bagagliaio, l'uomo del negozio spegne tutti gli schermi. Un giocatore infortunato sta per rialzarsi, ma non fa in tempo: il buio risucchia la sua immagine, il verde del campo, l'olivastro delle gambe nude, il rivolo di sudore che scorre dai capelli ricci.

Il negoziante rimane immobile dentro la bottega improvvisamente silenziosa.

Ha la faccia di uno a cui hanno storto il naso con un pugno.

La frenata spinge Giovanni sulla scatola del televisore e lo fa voltare di scatto verso suo padre, che ha già spento il motore, tirato il freno a mano e sta guardando fisso davanti a sé. – Due minuti e parcheggiamo, – dice. – Prima vieni qui –. Batte con la mano sul sedile del passeggero.

Si sono fermati a poca distanza da casa, ma non cosí vicino da poter trasportare quel gran televisore fino al portone senza sudare e sbuffare.

– Chiamo qualcuno che ci aiuta?

– Dopo. Per ora siediti accanto a me.

Giovanni apre lo sportello e passa sul sedile davanti. Si blocca per un attimo. È come se la macchina avesse fatto un'altra frenata, anche se è immobile.

Suo padre si è infilato una mano nella tasca del giubbotto e sta rimestando qualcosa che fa un suono di carta croccante. Ferma le dita. – Siediti, – ripete. Guarda ancora fisso verso la strada. – Il tuo regalo l'hai avuto, – aggiunge a mezza voce. – Ora ne fai uno a me.

Giovanni si passa la lingua sulle labbra. I suoi occhi non si staccano dalla mano di papà affondata nella tasca. *No, per favore, andiamo a casa. Andiamo a vedere i colori semprevivi.*

– Facciamo cosí, – gli dice suo padre voltandosi. – Io porto su la scatola grande, – indica il televisore imballato, – e tu questa piccola –. Tira fuori dalla tasca un pacchetto della farmacia. Strappa l'involto, lo appallottola, apre il cartoncino e sfila il foglio che spiega l'effetto del medicinale. Butta la carta dal finestrino e gli passa la scatola. Fa un suono liquido.

– «Tua moglie, tua moglie, tua moglie», – dice prendendogli il polso. – Tutti a chiedermi la stessa cosa, oggi. Io mi vergogno, Giovanni. Tu no? Certe cose, tua madre non le deve rifare.

Molla la stretta.

– Non era mai arrivata al punto dell'altro giorno. Gli

schiamazzi per strada, e tutto il resto. Ma ci pensi che quella macchina a momenti l'ammazzava?

Giovanni abbassa la testa. – Sí.

Suo padre batte le dita sullo sterzo. – Lei se l'è cavata con una fasciatura. Ma sotto la macchina c'è andato a finire il rispetto che tutti hanno per me. Non so se mi spiego. Le mogli degli altri non fanno cosí, non si permettono.

Silenzio.

– E perché la mamma lo fa? – chiede poi Giovanni.

– È iste-ri-ca –. Papà pronuncia quella parola come se l'avesse imparata a memoria ma gli venisse difficile dirla nel modo giusto. Indica la scatoletta con le gocce. – Non lo dico io, lo dice un dottore bravo.

Giovanni cerca un'immagine per accoppiare quella parola con sua madre. – Is... isterica è quando una scrive sempre biglietti? Perché lei...

– Non lo so, – lo interrompe suo padre. – Però tu credi veramente che qualcuno la chiama ogni giorno per telefono dicendole che io prima o poi non torno piú a casa?

– Il telefono suona.

– Può essere chiunque.

– *Chiunque* allora chiama spesso.

– Sarà uno scherzo e ci hanno preso gusto.

– La mamma sente sempre un peso qui, – ricorda Giovanni passandosi una mano sullo stomaco. – Isterica è questo?

– Te l'ha detto lei che ha quel peso?

– Sí. Proprio prima dell'incidente –. Giovanni solleva lo sguardo su suo padre. – Queste gocce le sciolgono il peso?

– Certo.

– Ma prima potremmo provare in un altro modo. Perché non lasciamo che prenda il taxi e vada dove vuole, come stava facendo l'altro giorno?

– Basta! Queste gocce le deve prendere. E gliele dai tu. Lo sai che con me fa sempre storie.

Poi torna a guardare il parabrezza.

– Io ho paura, papà –. Giovanni sente le lacrime che gli salgono su per la gola, in una specie di nodo salato.

– Ma di che cosa?

Non sa dirlo. Però ha a che fare con le bugie. Lui a sua madre non ha mai nascosto niente.

– Avvicinati, vieni qua –. Suo padre lo tira a sé, spremendogli fuori un pianto rumoroso. Gli raccoglie la faccia in una mano, grande, calda. – E che è? Finí l'allegria per il televisore?

Giovanni tira su con il naso. Serra i pugni. Suo padre comincia a cullarlo.

– Lo dobbiamo montare, lo dobbiamo regolare. Dobbiamo chiamare Tanino.

– Tanino non lo voglio. Quello aggiusta solo tubi.

– E anche televisori.

– Veramente non sa aggiustare né tubi né televisori. Papà?

– Dimmi.

Giovanni stringe il flaconcino del medicinale. – Mi spavento, ma vediamo che si può fare.

Suo padre lo abbraccia piú forte. – Solo una volta, – gli dice. – Fagliele prendere la prima volta. Fallo per me. Poi vedrai che si convince.

Il tizio in tuta da lavoro posa la borsa degli attrezzi sul tavolo da pranzo. Si fa strada verso il divano e le poltrone del soggiorno. Abbranca il televisore a colori come se dovesse farci una lotta. Gli bussa su un fianco, gratta sul davanti. Lo sportellino che nasconde la pulsantiera gli si impiglia nell'unghia del pollice, si stacca e gli rimbalza sul dorso della mano destra, dove lui ha tre punti blu tatuati.

Li fanno in galera, ha saputo Giovanni. T'infilano nella pelle un ago inzuppato d'inchiostro.

Il televisore lampeggia, illumina il tavolino d'acciaio sul

quale prima c'era l'Admiral in bianco e nero. Nello schermo del tv color nuovo si vede poco, e quel poco si vede male.

– Voglio tutti i canali, – dice Giovanni, sedendosi sulla poltrona di fronte, quella di papà. Conosce Tanino da quando era molto piccolo: sa che viene per riparare e invece sfascia.

Tanino fa una smorfia. – Tutti? Non cominciamo. Sono due, i canali.

– Come al solito, lei non capisce niente.

Il tecnico guarda verso papà: – Il bambino mi deve fare lavorare, però.

– Vai a giocare, Giovanni.

Giovanni non si alza: – Qui c'è scritto: vari canali liberi e televisioni private.

Tanino nemmeno guarda il manuale che lui gli sventola sotto il naso. – In America! Da noi non esistono.

– Sí, vabbè, Tanino. Io li ho visti, al negozio.

– Là hanno l'antenna speciale, picciotto mio.

– No, là hanno i tecnici veri.

– Guarda che io mi sono diplomato alla Scuola Radio Elettra.

Giovanni scatta in piedi: – Lei non solo non capisce niente e non è diplomato, ma non è manco un antennista. Le altre volte che è venuto faceva l'idraulico.

– Giovanni! – lo rimprovera papà. – Ma che hai oggi?

– Voglio un *televisorista* bravo, non Tanino *Radioelettra*.

– Visto? – si rivale Tanino, dopo avere armeggiato con i tasti del televisore, a casaccio. – Mentre tu sparavi fesserie, ecco il primo canale. Si vede che pare un cinema.

Ed è vero.

I colori cancellano tutto: il salotto in disordine da giorni, la porta chiusa sulla camera da letto.

– Ci possiamo tranquillizzare, ora? – dice Tanino.

Dalla camera si sente un grido e il rumore di una cosa fragile che si spacca contro una parete.

– Zio Vincenzo, – riprende Tanino sottovoce, dopo un lunghissimo momento di silenzio. – Ma sua moglie sta bene?

Papà non risponde. Stringe e allenta i pugni, quasi che volesse stritolare quella domanda. Fa segno verso il televisore, come a dire: «zitto e lavora». Poi si chiude di là con la mamma. Giovanni lo segue di corsa. Ha imparato a origliare da dietro le porte, specialmente negli ultimi giorni.

– Ripetilo. Cosí forse ti rendi conto che sei pazza.

– Quando ci sei tu, non squilla.

– Il telefono magico.

– Sanno sempre quando esci e quando torni. Sono pazza?

– Sei l'unica che le ha sentite, queste voci.

– Non faccio rispondere il bambino. Sono capaci di minacciare anche lui.

– Prima erano provocazioni. Adesso diventano minacce.

– E allora che significa: «lui non torna piú»?

– Ma stai zitta. Questi telefonano, ce l'hanno con me, però guarda caso parlano sempre con te.

– Logico. Da chi si comincia a distruggere una famiglia? Dalla madre. Dalla moglie. Ti avverto, Vincenzo, se toccano te o nostro figlio, io…

– Tu che cosa? Ci vai e li fermi? Riprovaci, e…

– La smetto se partiamo.

– Io sto benissimo qui. Non ho problemi –. Papà abbassa il tono. – Tranne quando mia moglie sparge la voce che Vincenzo Vetro non è tranquillo a casa sua, buttana la miseria.

– Partiamo e si risolve tutto.

– E dove si va? Sentiamo.

– Che ne so. Un posto qualsiasi.

– Orient Express…

– Dici davvero?

– Orient Express. Piazzato.

– Ma che fai? Leggi il giornale dei cavalli?
– Pensavo... Visto che sai tutto... se sparisco nel nulla non è peggio? Poi mi cercano.
– E tu devi raccontare in che città andiamo?
– Ti piace Agnano? È tra Roma e Napoli.
– Troppo vicino.
– Hai ragione. No, no, piú lontano. Sondrio.
– Dov'è?
– Là sopra. Al Nord. C'è freddo, vento, neve, grandine.
– Una bella casa. Con il caminetto... Nemmeno l'odore ci dobbiamo portare, di questa città.
– E tu non ti azzardare a fare la pasta con il nero di seppia. Mangiamo cose tipiche, locali. Capriolo. Cose che cucinano là. Un bello strudel.
– Dammi la mano, Vincenzo. Promettimi che domani si parte.
– Maria?
– Vincenzo.
– Tu sei già partita. Con il cervello.

Poco dopo, la porta della camera da letto si apre e si richiude sulla mamma che forse sta piangendo.

Papà e Tanino diventano due voci che mormorano in cucina, e sembrano staccate da tutto quello che è appena successo.

Giovanni indugia davanti al televisore, incerto se vedere la puntata di George e Mildred che sta per iniziare. Decide di no.

Tanino è inginocchiato davanti al tubo che sgocciola sotto il lavello. – Altro che perdita, – dice. – Qua c'è una fontana.

– Quanto gli hanno dato? – chiede papà.
– Tre anni. Cornuti!
– Grandissimi cornuti.
– Ma non si può fare davvero niente per questo mio fratello, zio Vincenzo?

– Una volta che è in galera...
– Se lei si ci mette, la soluzione si trova.
– Non mi devi chiedere l'impossibile, Tanino.
– Pure riparare un guasto sembra impossibile, a volte. Ma io mi impegno. Gli altri parlano, parlano. Io lavoro e basta. E mi faccio gli affari miei.
– Che c'entra questo con tuo fratello in galera?
La voce di Tanino si fa furba: – Se sto zitto su quello che vedo e sento in casa della gente, me la merito una cortesia.
Tanino ha un sacchetto di gesso a presa rapida. Lo apre, ci ficca dentro una cazzuola. Prende un secchio, ci versa l'acqua e impasta la polvere.
– Aggiustiamo, – sospira.
– Col gesso e basta lo fai a casa tua, – dice duro papà.
– Cosí li so riparare, i tubi.
Papà gli volta le spalle.
– Non è che si è offeso, zio Vincenzo? – La voce di Tanino a un tratto è piú debole. – Chiariamo. Dicendo che faccio finta di niente, io parlavo in generale.
– Invece ho l'impressione che tu vuoi fare la fine di tuo fratello. Impasta, che è meglio.
– Zio Vincenzo...
– E dimmi quanto ti devo.
– Ora mi offendo io.
Tanino sbatte il gesso sul tubo. Si ferma. Guarda papà.
– Però almeno mi deve salutare lo zio Matteo, quando lo vede.

George non sopporta Mildred. Mildred non sopporta George. I vicini di casa non sopportano George e Mildred.
Giovanni starebbe delle ore davanti alla televisione a sentire i battibecchi di quei due del telefilm inglese, per capire da che parte stare.

Non è facile decidere. George ti spacca di risate quando s'inventa scuse incredibili per scappare di casa e dalla moglie per andare al pub, che in fondo è la sua Pasticceria Francese. Però cambia faccia quando Mildred lo scopre. Se George si arrabbia, a Giovanni non piace piú.

Mildred piange dopo che ha fatto la guerra a George. Piange, ma forse in fondo se lo merita. Perché è isterica. Con i suoi orecchini che dondolano e i suoi tacchi e le sue rughe e la sua bocca che sembra una caverna quando dice le cose, *oooh, George*.

Appena lo vede entrare in camera da letto, la mamma smette di leggere ad alta voce quello che stava scrivendo sul retro di un calendario. Lo ripiega in due e lo posa sul comodino, mettendoci sopra la biro.

Rivolge a Giovanni un sorriso stretto, come quando ti sorprendono a fare una cosa proibita. – Che c'è?

– Un'altra volta con quei biglietti.

– Per passare il tempo. Che ore sono?

– Le tre.

– Le tre...

– Di pomeriggio.

La mamma si strofina gli occhi. Guarda gli scuri abbassati. Si aggiusta le bretelline della sottoveste.

– C'è ancora Tanino in salotto?

Giovanni si volta verso il borbottio che arriva dall'altra stanza. – No. È il televisore nuovo –. Mentre lo dice, si muove e pesta i cocci del vaso che sua madre ha rotto prima. Lei spalanca gli occhi, come se il suono del vetro che scrocchia la svegliasse all'improvviso. Si piega sulla caviglia fasciata e la massaggia.

– Un televisore nuovo, – dice.

– A colori, mamma.

– Sí, ma dov'è tuo padre?

– Uscito.

La mamma smette di strofinarsi la caviglia. – Ti ha detto qualcosa di me?

– No, c'era Tanino in mezzo ai piedi.

Sua madre fa una smorfia. – Ma di quello che è successo non te ne ha parlato piú?

– La scenata dell'altra volta?

– Sí. La mia... – La mamma si ferma. Fatica a finire la frase. – La mia protesta.

Giovanni fa di no.

Sua madre si passa una mano sui capelli. Pochi giorni, e in mezzo al biondo della tintura le sono spuntati tanti fili grigi. Giovanni si chiede se è normale, a quarant'anni. Se anche quello non faccia parte della malattia. Dell'*isteritudine*, o chissà come si dice.

– Mi devo lavare la testa, – mormora lei. – Ho trascurato tutto. Prendimi lo specchio, per favore.

– Sí, mamma.

Lo specchio ingigantisce la sua faccia. Sua madre batte una mano sul cuscino, tutto sporco di cipria.

– Dammi pure lo struccante, – aggiunge. – Nel cassetto c'è il cotone. Sembro una pazza –. Comincia a pulirsi.

– Come ti senti, mamma?

– Come prima. A parte la caviglia –. Si passa un batuffolo di bambagia umida sugli occhi. – Perché, tu come mi vedi?

– Come sempre.

– Meglio o peggio?

– Normale. Però senza trucco stai meglio.

La mamma afferra una matita nera dal comodino e comincia a truccarsi l'occhio destro. Inclina lo specchio per guardarsi meglio. Fa un lungo sospiro. Passa al sinistro. – Secondo te è stato un capriccio quello che ho fatto? O lo vogliamo chiamare scandalo, come dice la gente del quartiere?

Stende nero su nero sotto l'occhio, in silenzio, sbattendo la palpebra. – Rispondimi, Giovanni: tu ce la faresti a non dire la verità?

– No. Non lo so. Dipende.

La matita disegna una linea spessa, circondando l'occhio che si muove veloce, come per inseguire quelle parole.

– Dipende da che? Da quello che succede dopo che l'hai detta?

– Sí.

– Ma è difficile calcolare tutte queste cose quando stai male –. Sua madre smette di truccarsi per un istante. Il tempo di un sospiro: – A volte il silenzio è peggio.

– Come una pietra sullo stomaco?

– Te l'ho già spiegato, sí. Quel vaso che ho rotto, lo vedi? Era il primo regalo degli amici di tuo padre, – indica i cocci per terra. – E ha piú valore di me, come tutto il resto, in questa casa e fuori.

– Non è vero, mamma.

– Ma convinceranno anche te che è cosí. Però io taglio piú del vetro, se mi ci metto.

Giovanni le si avvicina. Posa le dita su una tasca dei pantaloni, dove ha nascosto la confezione di gocce.

– E lo vuoi fare con papà? Lo vuoi *tagliare*?

– Io tuo padre lo amo. Lo amo anche quando lo odio. Sono uscita proprio per difenderlo. Dovevo andare ad aggiustare le cose e invece è finita cosí.

Giovanni molla la presa sulla tasca. – Se quello non ti investiva...

Sua madre cambia espressione. – No, il tassí non l'avrei preso lo stesso. Me l'avrebbero impedito.

Giovanni stringe di nuovo la mano sulla tasca. – Guarda che è stato un incidente...

– Che ne sai tu? Intanto una caviglia me l'hanno spezzata. Ora tocca alla... – Tira fuori la lingua. La sfiora con un dito. – E troveranno un sistema per cancellarmi anche la testa.

– Ma no, mamma…
– Sí, invece. Se una dimentica tutto, non può dire niente in giro. La prossima mossa è questa, già, dopo che mi hanno fatto sparire la borsetta.
– Si è persa quando ti hanno investita.
– Le dita mi funzionano ancora, però.
La mamma allunga un braccio sul comodino, afferra la penna e un'agenda, strappa un pezzo di pagina. Scarabocchia qualcosa, ma la carta rimane pulita. La penna non funziona piú. Lei scaglia lontano carta e biro.
– Ah, ora non posso nemmeno scrivere. Ma tu dove vai?
– A prendere un bicchiere d'acqua.
– Dopo.
– Vado in cucina e torno.
– Dopo, Giovanni!
Lo afferra per un braccio. Si guarda in giro. – Non posso piú scrivere, – ripete, in un sibilo. – Ma posso ancora raccontarti tutta la verità –. Tossisce. Ha la gola secca, ma nessuna voglia di fermarsi. – Tuo padre ha sempre tradito, – comincia.

Una.
– Mi hai sentito?
– Sí.

Due.
– Tuo padre ha un'altra famiglia, Giovanni.
– Lo so.

Tre.
– Gioca su due tavoli. Non t'importa niente?
– No.

Quattro.
– Sei suo figlio e non t'importa niente.
– No.

Cinque. Sei. Devo fare presto.

– Ti ha spiegato chi sono? A chi appartengono?

– Un poco.

Sette.

– Ti ha detto anche che è tutto a posto...

– Sí.

– ... che noi della sua vera famiglia veniamo prima e i picciotti dell'altra dopo.

– Sí.

Otto.

– Ma come l'hanno fregato... questo non te lo racconta.

– No.

– Sai che cosa è un ricatto? Ho dovuto farglielo anch'io: o la nostra famiglia o l'altra, gli ho detto!

– Zitta. Fammi contare.

Nove. Dieci. Undici.

– È successo prima di sposarci.

– Non mi interessa.

– Me l'ha confidato quando sei nato tu.

– Non mi interessa, mamma.

– Mi ha giurato che poteva tirarsi indietro quando voleva.

– Non mi interessa.

– E invece uno di questi giorni se lo prendono per sempre e non lo vediamo piú.

– Non è vero!

Undici. No, dodici. E tredici. E quattordici.

– Ripeti quello che hai detto.

– Loro gli vogliono bene, mamma.

– Davvero? E come gli dicono? Fufú? Papà? Viví?

– *Zio.* Ma sono come fratelli.

– Che cosa?

– Fratelli.

– Che cosa?

– Fratelli!
– Non li chiamare cosí o ti ammazzo con le mie mani.

Quindici-sedici-diciassette.
– Di': bastardi.
– Ma non mi hanno fatto niente.
– Bastardi! E il piú bastardo di tutti è l'ultimo arrivato.
– Non è vero.
– Sí. È il piú pericoloso.
– Tu non lo conosci, mamma. È simpatico. Ha le scarpe a punta e un cappotto nuovo nuovo.

Diciotto. Diciannove. Venti.

L'ultima goccia ci mette un po' di piú a sciogliersi. Sembra che danzi nell'acqua e non voglia andare fino in fondo.
Sua madre lo chiama dalla stanza da letto.
– Ma che fai, Giovanni? Parli da solo?
Pensavo, mamma. Pensavo a quello che mi hai detto prima.
Si gira verso la porta socchiusa.
– Ho fatto scorrere l'acqua del rubinetto, – la avverte. – Ti piace fresca, no?
Passa davanti al televisore con il bicchiere pieno, che tintinna sul vassoio e gli trema fra le dita.
George e Mildred sono ancora lí. Facce inglesi che si storcono nel riflesso dell'acqua. Denti e sguardi isterici che sembrano inghiottire tutto.
– Un'altra giornata merdosicchia a zigo-zago, – mormora. E cerca di ridere.
Di solito, parlando buffo tra sé e sé ci riesce. Stavolta no. La risata gli esce a mozziconi, lo scuote tutto e si trasforma in un'altra cosa.

Esercizio.
Scrivi una lettera a una persona che non vedi da tempo.

Caro signor Vella,

non so se ti ricordi di me. Sono Giovanni e abito di fronte casa tua. Ti vedevo sempre affacciato al balcone con una retina nera in testa e le braccia tutte piene di tatuaggi. Poi sei sparito. Forse non lo sai, ma quelle belle piante di basilico alte quanto me, che avevi nei vasi, ora sono sgonfie e nere, e pendono come calzette. Questo perché tua moglie Santina, per mangiare e pagare l'affitto, deve andare a fare le iniezioni a casa dei vicini e non ha piú tempo di innaffiare il basilico.
Qua dicono tutti che sei partito all'improvviso per farti gli affari tuoi, senza dire niente a nessuno. Ma a me non mi imbrogliano. L'altra volta sono stato a casa tua. Santina doveva chiedere a mio papà se almeno lui sapeva che fine avevi fatto. E ho visto che cosa stavi costruendo prima di andartene. La gente di qui pensa che eri uno scansafatiche, ma loro non lo sanno quanto eri bravo a fare le cose con i fiammiferi. Quando sono entrato nel tuo salotto, io l'ho vista quella nave bellissima che stavi finendo di costruire. Quanti fiammiferi hai usato? A me sembravano un milione! E li hai incollati uno per uno! Santina mi ha detto che, se volevo, la potevo toccare. Basta che non spostavo niente: la tua sedia, l'accendino e le tue sigarette. Nemmeno quelle spente nel posacenere.

Spiegami una cosa: nella pancia della nave, mi sono accorto che c'è rimasto un buchetto. Contando, mi pare che ci volevano solo dieci fiammiferi per chiuderlo. Lo sai meglio di me, perché poi li ho visti in fila, posati sul tavolo, accanto alla colla, e ce li avevi messi tu. Uno che lavora tutto quel tempo a una nave cosí, e lascia solo un buchetto da chiudere, non mi convince che se ne va. Ho sentito dire che hai un'altra moglie, oppure che sei scappato per non farti arrestare di nuovo. Tutte cretinaggini. Sennò non dicevi a Santina: «Entro stasera la nave la finisco». Io penso che, se potevi, prima di uscire quei dieci fiammiferi li mettevi a posto. E sono sicuro che pensavi di scendere cinque minuti e tornare subito. Invece è passato un anno.

Ho chiesto a mio papà. Siccome insistevo, lui alla fine mi ha risposto che se non ci sei piú è perché avevi scelto amici sbagliati, o avevi sbagliato con amici importanti. Però mi ha giurato che questo succede solo ai fessi, e a lui no.

Giovanni si sveglia di soprassalto, sollevando la testa dal quaderno sul quale si è addormentato. Dapprima gli sembra che a gridare sia stato il televisore ancora acceso. Ma sullo schermo c'è un tizio in calzamaglia che invece canta, scombinando una montagna di cubi colorati con delle parole sopra. Una fila di cubi fa una frase. L'uomo saltella e butta all'aria le parole per trovare altre frasi: «Questo è un gatto, – continua a cantare. – Un gatto è questo. Un questo è gatto? Questo gatto è un...»

– Piú... No... non ne posso... piú... b... basta! Ho detto no!

Giovanni stavolta sente meglio il grido e capisce che arriva dalla camera dei suoi genitori. La luce è accesa, la porta spalancata e le ombre di suo padre e sua madre si muovono sul letto. Papà è in piedi e le sta torcendo un polso. Nell'altra mano stringe un bicchiere pieno. Gira il braccio di sua madre finché lei non si arrende e gli dice: – Va bene. Ma lasciami! Lasciami! – Poi la mamma afferra il bicchiere che alla luce dell'abat-jour spara mille riflessi aguzzi, come uno scettro.

Poco dopo, Giovanni sente suo padre richiudere la porta della camera e avanzare verso di lui, ma i passi si fermano sulla soglia del soggiorno. Ha ancora il giubbotto addosso. Fa un lungo sospiro, si sfila il giubbotto e tira fuori dei soldi dalla tasca, ammucchiati come le figurine dei calciatori. Se li passa nel portafogli e butta il portafogli sul tavolo da pranzo.

– Minchia, funziona ancora? – gli chiede poi indicando il televisore.

Sullo schermo adesso c'è un attore con i capelli grigi che sembra un manichino della Standa. Ha la faccia impolverata di cipria color carne. «Questa è l'ora delle streghe», declama. Stringe in mano un libro e comincia a leggerlo agli spettatori. In sottofondo, una musica lugubre: «Vorrei persuaderli che io sono stato in qualche modo lo schiavo di circostanze che sfuggono all'umano controllo; desidererei che ascoltando il mio racconto essi potessero scoprire in favor mio, pur entro un deserto di errore, qualche piccola oasi di fatalità...»

Papà si butta sulla poltrona. – Che colori, però. Sembra di avercelo a casa, fra i coglioni, questo scemo –. Lancia un'occhiata alla camera da letto. Torna a guardare Giovanni. – Lo so, non fa piacere nemmeno a me quello che succede, – dice piano. – Questione di tempo e vedrai che poi le gocce le prende da sola.

Giovanni fa spallucce.

Suo padre si leva le scarpe, spingendo con i talloni e lasciandole cadere sul tappeto. – Ho vinto alle corse. Domani ti compro la pizza –. Si strofina un piede sull'altro, socchiudendo gli occhi.

– Papà?

– Uhm.

– Mentre non c'eri il telefono ha squillato tre volte.

– Uhm...

– Io non ho risposto. Ma se capita, spiegami almeno che cosa devo dire.

Suo padre si curva e stende una mano verso le scarpe. Le avvicina, appaiandole. – Che cosa devi dire *a chi*? Chi è che chiama? Sentiamo.

– Quelli dell'altro tavolo.

– Che cosa?

Giovanni sussulta alla risata di papà. – Non l'ho detto io. L'ha detto... Insomma, ho sentito che tu giochi su due tavoli.

– Ma se non sai nemmeno che significa.

Giovanni si lascia andare sulla sedia del tavolo da pranzo. – Sí, invece.

– Davvero?

– Sí. È quando uno... come se uno... ci sono due tavoli e uno...

Suo padre si fa un'altra risata.

– Prima lo sapevo! – si difende Giovanni. Indica la stanza della mamma. – L'ha detto lei. E sembrava brutto.

– Lei, lei... Ne spara tante, lei. Per questo ci sono le gocce –. Suo padre sprofonda nella poltrona. – Leviamoci questo pensiero delle telefonate, ora, – sospira.

– È gente che sbaglia numero, va bene, – lo anticipa Giovanni. – Le voci al telefono non sono niente.

Papà annuisce. – Che ti ripeto sempre, io? – Si porta un dito agli occhi.

– Se non lo vedi con questi... – comincia Giovanni.

– ... vuol dire che il male non esiste, – conclude suo padre. Indica il televisore, il parruccone che sta ancora recitando. – Ma non c'è qualcosa di piú allegro?

Giovanni solleva il telecomando, rincuorato: – Certo. Ho trovato dieci canali! – Allarga una mano, la muove due volte. – Dieci, papà. Questo trasmette da Milano, addirittura. Chissà se quando la mamma sta meglio... Magari le piace e cosí si distrae.

Papà sistema il cuscino della poltrona. – E trasmettessero sempre, allora. Tutti i giorni, tutta la vita. Ah, che stanchezza. Avanti, fammi vedere come funziona questo coso.

– Telecomando, si chiama.

Suo padre trova un incontro di boxe. Muscoli scuri, lucidi, gli si riflettono nelle pupille. – Due tavoli. Bah, – ripete, con un sorriso tirato. Poi si mette a incitare uno dei pugili, sottovoce: – Svicola, fesso! Cosí! Fagli capire che vai a destra e invece ti sposti dall'altro lato! Ecco! L'angolo no! Lo spazio! Conservati lo spazio e sgabbia!

Il telefono squilla. Giovanni spalanca gli occhi. È ancora buio, fuori. Guarda l'orologio dei Barbapapà. Le quattro di notte. Aspetta con il fiato sospeso: forse sta sognando di nuovo. Subito dopo, il rumore della cornetta sollevata e la voce bassa di suo padre gli suggeriscono che non è cosí.

– Ancora insistete? – sta dicendo papà. – Ti ripeto che quando è il momento mi faccio vedere io. Da due settimane, sí. E allora? Significa che avevo cazzi da cacare. No, voi aspettate zitti e bravi. La fai pagare a chi? Chiedi scusa. Subito! Ecco. E ringrazia i santi che per stavolta non vengo là e ti prendo a schiaffi.

Quando Giovanni si alza e va verso la stanza da letto, in punta di piedi, suo padre sta ancora tenendo il ricevitore nella mano. Lo cala sulla forcella, ma con calma, mentre dentro il telefono si sente ancora una voce confusa, che balbetta e poi alza il tono, implora e si ribella di nuovo.

Il clic della cornetta che piomba dalle dita di suo padre la schiaccia.

Al negozio di stoffe di Matteo Scavone, un pomeriggio, c'è pure un signore magro magro con una borsa di pelle attaccata a una mano e la parlata strana, piena di «e», «u» e «i» anche dove non si usano. Giovanni smette di pasticciare su un foglio quando lo sente chiamare «professore».

– *Perima* che mi passi di mente, *Vetero*, – fa il professore a papà. – Come si è *terovato* con quel *faremaco*? Tutto a posto?

Matteo smette di sfogliare un catalogo di stoffe. – Si è trovato bene, professore –. Indica papà con un cenno della testa. – Non si vede che ora ha meno pensieri? Lo capisco io, che non sono medico...

Arrivano i caffè dal bar vicino. Il garzone serve prima Matteo. Poi il professore. Sta per spostarsi con il vassoio verso altri due amici che chiacchierano davanti al ripostiglio. – Dove minchia vai, Ciccio? – gli dice Scavone, sollevando gli occhiali. Addita i caffè, muove la mano verso papà. – Prima all'amico Vetro.

– Ah-ah... Non esageriamo con lo *zucchiero*, *Vetero*.

– Invece esagera, Vincenzo, – fa Matteo. – Esagera, che ti stai squagliando. Devi tornare in forze –. Strofina stoffa grigia tra le dita. Si riabbassa gli occhiali sul naso e annuisce, soddisfatto.

– Ci deve scusare per l'orario, zio Vincenzo.

– Uhm.

– Volevamo passare piú tardi, ma non sapevamo se di pomeriggio lei si fa il sonnellino.

– Eh.

– Torniamo dopo? Quando le viene piú comodo.

– A quest'ora della mattina vado in ufficio, io. Vabbè, ormai entrate.

Ma Tanino e quell'altro che è con lui restano fermi tra la porta e il pianerottolo.

– E allora? – si spazientisce papà. Volta le spalle ai due e ricomincia trafficare davanti allo specchio del salotto. Il bottone piú alto della camicia quella mattina non vuole saperne di infilarsi nell'asola. Un soffio di vento gli solletica un polsino sbottonato. – Ancora la porta aperta tengono! State facendo corrente.

– Stai facendo corrente! – abbaia Tanino al tizio che è con lui. – Entra e chiudi, cretino.

Lo spinge in casa e con uno scappellotto gli fa saltare la coppola che tiene schiacciata sulla testa. Poi posa per terra la borsa da lavoro.

– Questo è mio cugino Michele, – spiega indicando il compagno. – Dice che le scuse non sono scuse, se non si fanno di persona. Ed eccoci qua, zio Vincenzo.

Papà, occhi sempre fissi allo specchio, lascia passare qualche secondo di silenzio. La coppola bianca diventa uno straccio fra le dita di Michele, che si fa avanti quasi piangendo.

– Quando ho frenato, ho pensato: l'ammazzai! Ma andavo piano. Mi deve credere.

Papà riesce ad agganciarsi il colletto. La camicia gli si chiude sulla gola come se fosse di plastica, con uno scatto. Si volta. Ma guarda solo Tanino.

– E tu invece che hai da dire?

– Le giuro che mio cugino nemmeno beve. Non è... non è come me, che quando mi offrono un bicchiere di vino magari perdo la bussola. Anzi, colgo l'occasione: se l'altro giorno, quando sistemavo il televisore, ho detto una parola di troppo, io... Mi avevano offerto proprio un bicchiere di vino.

– Ho capito, – dice papà.

– Ha capito, – annuisce Michele, asciugandosi la fronte con la coppola appallottolata.

Rimangono fermi come statue.

– Allora arrivederci, – dice a un certo punto Tanino. – E buon lavoro, zio Vincenzo.

– Arrivederci, arrivederci.

– Zio Vincenzo… – azzarda Tanino tornando dalla porta verso papà. – Un altro minuto glielo posso rubare?

– Uno, contato.

Tanino fa segno verso Michele. – Mio cugino se non la vede non dorme piú. Le scuse non sono scuse quando…

– … non si fanno di persona, va bene, – sbuffa papà. Prende la cravatta dalla spalliera di una sedia, se la butta sul collo. – Maria! – urla poi, girando la testa verso la camera da letto.

La porta si apre piano.

Da dietro fa capolino la mamma. Alle sue spalle, l'asse da stiro e il ferro che soffia. In mano una gonna stropicciata.

– Maria, c'è quello che ti stava azzoppando con l'automobile, – l'avverte papà. – Glielo vuoi spiegare che stai meglio?

– Sí, – dice, e sta per chiudere la porta.

– Lascia aperto, – le ordina papà.

– Sí.

– Ah! Si capisce subito che sta troppo meravigliosamente, – esulta Michele.

– Buono, adesso l'hai vista.

– Zio Vincenzo, – si batte il petto Tanino, – se ha bisogno di qualsiasi cosa io sono a disposizione –. Prende la sacca. – Allora noi leviamo l'incomodo.

– No, un minuto. Una cosa c'è –. Papà indica ai due di seguirlo in corridoio. – Sto facendo sbarazzo. Ho preso un baule e già è pieno. Voi due siete capaci di caricarvelo senza rompervi le corna per le scale?

Gli risponde un coro: – Certo. Dove lo dobbiamo mettere?

– Qua sotto, da Livigni. È aperto.

– Nel magazzino, zio Vincenzo? – chiede Tanino. – In mezzo alle vernici? Peccato…

– È tutta roba inutile, ma non la butto perché non si può mai sapere. Per esempio... – Papà va in camera da letto. Afferra una camicia a fiori che la mamma sta appiattendo sul tavolo da stiro.

Giovanni smette di infilare i libri nella cartella.

– Zio Vincenzo... non è quella che... – chiede Michele.

– Sí. Quella che aveva addosso mia moglie quando la stavi ammazzando con la macchina. Guarda: ridotta uno straccio. Via, a futura memoria –. Papà apre il baule e ci butta dentro la camicia. – Un baule per gli stracci, – precisa, voltandosi verso Tanino e Michele. – Ma se vi piace qualche cosa, pigliate, ah? Senza complimenti.

– Quei pantaloni grigi... – azzarda Michele.

Tanino lo tira via per un braccio.

– Faccia conto che il baule è nel magazzino, zio Vincenzo. Domani ce lo veniamo a prendere. Ah, arrivederci, signora!

La mamma solleva una mano: – Sí.

– Accompagnali, Giovanni, – ordina papà, chiudendosi in bagno.

Giovanni annuisce. Michele gli si avvicina: – È un'altra persona, tua mamma, Giuseppe!

– Giovanni.

– Giovanni, scusa. Quel giorno aveva una faccia... gridava, cose, ma cose...

– Ciao.

– Le state facendo qualche cura?

– Gocce *anti-isterizia*. Cavoli nostri. Ho detto ciao.

Giovanni chiude la porta e sta per andare a infilare il resto dei libri nella cartella, quando sente dei colpi all'ingresso. Torna verso l'uscio.

– Chi è?

– Sempre noi due, Daniele...

Riapre la porta a metà. – Giovanni, mi chiamo, – dice sbuffando a Michele che si infila nello spiraglio.

– Vero, scusami. Ci siamo dimenticati la cosa piú importante, Giovanni.

– Parla per te, testa inutile, – gli fa eco Tanino, rovistando nel suo borsone da lavoro. – Tieni. Ridagliela.

– Era buttata qua dietro, nella piazzetta a lato della scuola, – spiega Michele dallo spiraglio. – L'avranno aperta, e vedendo che non c'era niente... Non è che abbiamo guardato dentro, ah... Gliela consegni tu a papà, Tomm... Giacomino?

Giovanni afferra la borsa che sua madre aveva perso per strada. La tira verso di sé e richiude la porta. La cerniera è rotta e quello che c'è dentro cade per terra.

Isterica è quando una scrive tanti biglietti?

Alcuni sono variopinti e altri bianchi, altri ancora ridotti in frammenti minuscoli. Su ciascuno la mamma ha scarabocchiato qualcosa, strappando la carta da dove le capitava. Ci sono disegni di fiori, lettere, scarabocchi, ritagli cerchiati dal tondo di una tazzina di caffè.

Non posso piú scrivere. La borsetta me l'hanno rubata. Ora mi cancelleranno anche la testa.

Giovanni si perde, senza fiato, in quella foresta di ali e occhielli e lettere segnati con la biro. Mentre li raccoglie, una fotografia di papà gli si incolla al dito. È piccola, di quelle che si scattano nelle cabine con la tenda, per strada: ti metti in posa e la cabina sputa una striscia di quattro facce tue, quasi uguali tra loro. La foto è venuta male. Papà forse si è voltato durante lo scatto e ha allungato il muso. Di sicuro voleva buttarla, e la mamma l'ha conservata. Come tutto il resto.

La fotografia gli si stacca dal dito e cade tra una cartolina e un'altra foto, stavolta sua, di quand'era piú piccolo e rideva senza un dente davanti.

Due foto, la sua e quella di suo padre, accanto a una cartolina della città. Messe in quel modo, in fila, è come se...

– Sembra che raccontano una storia, – sussurra.

Scombina la fila e sposta le tre immagini, che all'improvviso cambiano senso. C'è ancora lui senza il dente, ma l'immagine della città si è messa in mezzo, e suo padre adesso lo guarda attraverso le case, come se facesse fatica a vederlo.

Rimescola. La cartolina diventa la prima della fila, poi ci sono lui e suo padre. Meglio. È un film piú allegro: il posto dove abitano, Giovanni che sorride perché è felice di stare lí, e poi papà che lo guarda ruotando la testa di scatto, come per proteggerlo.

Questo è un gatto. Un gatto è questo. Un questo è gatto?

Non si è nemmeno accorto che, dalle fotografie, è passato a giocare con le parole scritte dalla mamma su tutti i pezzi di carta. E a leggerle: – Cose... famiglia... 2 Kg... quattro... contro... Sacramento... rossetto... maschio... quattro... uscire... la cipria... Maria... bambino... Manto... cipolle e sedano... legge... bugie... inutile.

Le rimescola, cercando di capire se hanno un senso.

– Inutile... – ripete sottovoce. – Inutile. Aiuto. Legge.

E poi cosí: – Legge. Giustizia. Inutile.

E cosí, spostandole ancora: – Aiuto inutile giustizia famiglia... Ma che significa?

Isterica è quando una scrive tanti biglietti impazziti.

Giovanni spinge dentro la borsa il mucchio di foglietti con le scritte di sua madre. Suo padre è uscito in quel momento dal bagno, lui corre verso il corridoio.

– Sei pronto, Giovanni?

Non ce la fa a rispondere e a chiudere il baule allo stesso tempo. Preferisce abbassare il coperchio senza rischiare che gli scappi, reggendolo con i pollici e tenendo un pezzetto di lingua fuori dalle labbra, come se servisse a far meno rumore.

– Isterica! – ringhia alla borsetta mentre la butta nel baule, in mezzo alla roba inutile.

Ha aspettato per giorni, da quando le cose si sono calmate, che gli dicesse qualcosa su Nunzio, l'uomo che gli ha regalato il televisore.

Suo padre esaudisce quel desiderio un mercoledí pomeriggio, in automobile, dopo che si è levato cappello e giacca blu da lavoro e sono scesi a fare un giro.

– Lo sto cercando. Gli devo parlare.

Giovanni trattiene l'entusiasmo: – Alla Pasticceria Francese?

– Non lo so, – risponde secco papà. – Che t'interessa?

Giovanni stringe le dita della mano destra ed è come se sentisse di nuovo quelle di Nunzio che la avvolgono.

– T'è rimasto impresso...

– Chi?

– Come chi? Nunzio.

– È gentile.

– All'inizio sono tutti gentili.

Fanno il percorso abituale: la pasticceria, un tabaccaio, un negozio di mobili. Poi di nuovo la pasticceria, ancora il negozio di mobili, un'altra volta il tabaccaio. Suo padre guarda di continuo dal finestrino, scrutando la strada che scorre, come se a ogni giro dovesse spuntare qualcuno o cambiare qualcosa. Scivolano davanti al negozio di stoffe di Matteo Scavone. Ma papà dice che è per scrupolo: Nunzio non può essere lí, non ancora.

– Pure i pidocchi si fanno cercare. Cominciamo male, – lo sente bofonchiare Giovanni.

Si fermano davanti a un chiosco che vende bibite e sigarette. Papà scende dalla macchina, raggiunge in fretta facce e sagome che Giovanni conosce. Certe persone che suo padre frequenta stanno sempre negli stessi posti, a gruppi sparsi. È come se li avessero piantati in varie zone della città con i piedi dentro un buco, per fare ombra a un angolo della strada, a una saracinesca aperta o chiusa, a una panchina. Sembrano le palme della villa. Come le palme, non fanno niente: prendono il sole, dondolano al vento e parlano fiacco, quasi frusciassero.

– Si è visto?

Uno del chiosco alza un braccio: – In piazza hai provato?

Papà si stringe nelle spalle. – No. Ci torna ancora, là?

– Di meno, ma ci torna. Non è che può lasciare le sigarette ai ragazzini.

– Ci vado.

– Se casomai passa, che gli dico?

– Che sono passato prima io. Due volte.

Giovanni si chiede come mai quegli uomini sapessero in anticipo che suo padre stava cercando Nunzio, se lui non lo ha nominato nemmeno una volta. All'improvviso è come se tutti capissero di chi si sta parlando. All'improvviso Nunzio non è piú un nome, e neppure *il sigarettaio*, come lo chiamavano una volta. È un gesto delle dita. Magia.

Attraversano in auto un quartiere di case aperte a metà dalle bombe di trent'anni prima, incontrano sguardi che salutano, cani che scodinzolano senza far festa, bambini che sfidano il muso della macchina sfrecciando su monopattini di legno, tre tavole, chiodi e cuscinetti a sfera. Dondolando sulle buche che ammaccano la piazza, si accostano a gente che vende sigarette su tavoli costruiti con lo stesso legno dei monopattini, e tutti hanno appena visto passare Nunzio. Ognuno di loro solleva il braccio e indica punti diversi della piazza.

La Centoventiquattro di papà riparte. Ora gironzolano in uno slargo davanti a una fila di vecchie chiese.

– Là! – azzarda Giovanni. – C'è la sua macchina.

Suo padre oltrepassa un altro banco con le stecche di sigarette esposte. Rallenta davanti all'automobile che è stata di Nunzio, quella con il cofano sempre aperto, ma lí accanto c'è un uomo vecchio stravaccato su una seggiola pieghevole. Un piede della sedia affonda dentro un buco fangoso. Papà fa segno al vecchio. Quello annuisce, si solleva dalla sdraio e punta il dito verso il lungomare.

– Sta sbrigando delle cose, – avverte.

Ripartono. Si spostano in direzione del frangiflutti a margine della strada grande.

È Giovanni a vederlo per primo, da lontano. Riconosce la sua nuca, i capelli che gli disegnano virgole scure sul collo, ma non il cappotto. Oggi Nunzio ne indossa uno color prugna.

È fermo davanti ai cubi di cemento che spezzano le onde, guarda verso la schiuma, gli spruzzi, con le mani affondate nelle tasche.

Quando papà suona il clacson, Nunzio si gira di scatto.

– Mi cercavi, Turco?

– Sí. Ho novità.

– Leviamoci da qui.

Papà agita un braccio dal finestrino: – Sali in macchina.

– No. Mi faccio una camminata. Ci vediamo *là*.

Giovanni gli sorride. Nunzio no.

Nunzio si avvia, camminando a gambe larghe, con scarpe nuove come il cappotto, attento a evitare le pozzanghere.

Si ritrovano fuori dalla Pasticceria Francese.

Giovanni afferra solo le ultime battute.

Sono le stesse parole che suo padre scambia sempre con gli amici quando si appartano, a braccetto. Soltanto il giorno che nomina è diverso, e l'orario.

– Sabato notte a casa non ci sei. Ci siamo capiti?

– A che ora, Turco?

– La visita è verso le undici. Tu calcola che è meglio se esci prima. Se hai roba in giro, fai piazza pulita.

Nunzio si fruga nel cappotto, poi infila la stessa mano nella tasca di papà.

Si volta verso Giovanni e ripete il gesto con lui.

Giovanni ha avuto un robot. Piccolo piccolo, ma identico a quello che ha visto in televisione. Con le corna, l'alabarda e tutto. Il suo preferito.

– Guarda che questo ce l'hai solo tu, in città, – lo avverte Nunzio facendogli l'occhiolino.

– Arriva originale dal Giappone, vero? – risponde Giovanni. È felice.

– Arriva? Ci vado io di persona in Giappone, giovanotto.

– E l'hai incontrato Goldrake?

– No. Avevo da fare.

Dentro la Pasticceria Francese c'è Matteo Scavone. Ci sono gli altri, alcuni erano al banco anche la domenica precedente. Guardano papà e Nunzio.

– Va bene, entriamo, – dice Nunzio.

– A proposito di cose straniere... – s'informa papà, – quelle belle olive greche che mi hai trovato una volta?

– Coi greci non ci ho piú a che fare, Turco. Finché trattavo sigarette...

Il barista serve i caffè, e stavolta è Nunzio il primo ad allungare la mano e prendere la tazzina. Non si allontana dal bancone, ci si appoggia sopra con un gomito. Nessuno lo guarda male.

– Il Turco dice che è per sabato, – comunica al gruppo, con una smorfia. – Pazienza. Mi salta il riposo –. Lancia un'occhiata a Giovanni. Solleva la tazza nella sua direzione e manda giú il caffè d'un sorso.

Matteo Scavone beve il suo con lentezza. Non smette di fissare Nunzio. Quando ha svuotato la tazzina, gli rivolge un cenno con la testa. Gli altri si fanno da parte. Nunzio gli va incontro.

– Sabato, hai detto? – ripete Matteo. – Vuol dire che tra venerdí e domenica ne approfitti per fare un altro viaggio dei tuoi.

– Va bene, zio.

– Che ci porti?

– Quello che ho portato l'altra volta, se le cose girano per il verso giusto.

Matteo pesca un confetto da una ciotola. Se lo infila in bocca, lo assapora. – Girano, le cose. Devono girare –. Occhi e labbra di Matteo sembrano stirarsi insieme, mentre lo dice, come se fossero attaccati con i fili. – Levami una curiosità, sigarettaio, – aggiunge. – Quanto spendi e dove compri, noi non lo dobbiamo sapere mai? Che ti ci vuole per farti parlare? Una bella femmina? Vieni qua.

Matteo avvolge la faccia di Nunzio con tutte e due le mani e gliela stringe, come se volesse avvicinarselo alla bocca e baciarlo. O come se cercasse di scoprire di che pasta è fatto.

Ecco a chi somiglia Nunzio. Non di faccia, ma di modi.

C'è questo tizio, Arthur Fonzarelli, Fonzie per gli amici, che non si fa abbattere dalle avversità. Ha un giubbotto di pelle nera impermeabile alla paura e un pugno magico: quando colpisce il jukebox, fa scattare una canzone allegra senza metterci la moneta, e tutti da Arnold's, che sarebbe la *sua* Pasticceria Francese, cominciano a ballare. Fonzie ha i capelli che riflettono la luce. E se trova un televisore a colori o un robot, di sicuro lo regala a un bambino.

Giovanni sta guardando la tv, lo vede a cavalcioni della sua moto.

Fonzie deve saltare una lunga fila di bidoni senza cadere. Rischia di rompersi l'osso del collo, ma accetta la sfida per orgoglio. Perché lui è il migliore.

Giovanni si mangia le unghie.

Fonzie accelera, schizza su un trampolino, Giovanni aspetta di vederlo ricadere, ma lui rimane sospeso in aria. Fermo immagine. Congelato nel dubbio fino alla prossima puntata.

«To be continued».

Chissà se anche Nunzio ha una moto.

Nunzio non solo ha una moto, ma ha pure una moglie che fa piú rumore di una moto. Forse non è nemmeno sua moglie, perché né lei né Nunzio hanno la fede al dito. Quando sono arrivati davanti alla Pasticceria Francese in sella a un Caballero, lei abbracciata a lui, lui con i capelli scompigliati, indossavano lo stesso giubbotto estivo. Quello di Fonzie è di pelle e tutto nero. Nunzio invece l'ha scelto leggero e marrone.

Sentendo il chiasso della frenata e le loro risate, Matteo Scavone ha smesso di bere il suo caffè. Li ha fissati da dietro la vetrina. Ha detto: – Mah –. E basta. Hanno ripetuto *mah* anche tutti gli altri, papà compreso.

La signora di Nunzio è entrata prima di lui, facendo ballare il culo a destra e a sinistra. Ha toccato tutto: caramelle, pasticcini, vetrine. Ha dato un pizzicotto al barista. Si è voltata verso il gruppo, colorata e bordellosa come un pappagallo. Il banconista si è fermato a guardare, con due tazze di caffè tra le dita, sospese a mezz'aria. Giovanni si è lasciato accarezzare dalla punta del foulard che lei porta annodato al collo, come le ragazze di Arnold's.

– Che bel bambino! Gioia! Sono Terry, *sciao*!

Nunzio le si è avvicinato.

– Va bene, ora saluta gli amici miei, amore.

– Aspe'! Prima fammi parlare con questo piccolino.

Si è chinata su di lui, e Giovanni ha avuto l'impressione di vedere un fiore che si è già ripiegato sul gambo. Da vicino, Terry non è proprio fresca e liscia come le ragazze di Happy Days. Il fiato le puzza di sigarette, i suoi denti sono un po' anneriti.

– Quanti anni hai?

– Dieci, signora.

– Che signora e signora, chiamami Terry. A dieci anni sei un ometto, un favore me lo puoi fare.

Nunzio è tornato alla carica, con un sorriso incerto:
– Terry, vieni. Ti devo presentare…

– Tu sta' zitto, mi avevi detto che qua vendevano le sigarette.

– Te le trovo dopo.

– Le vostre, di contrabbando? Fanno schifo –. Si è piegata di nuovo su Giovanni. – Qua ci sono i soldi, cuore mio. Vai al tabaccaio di fronte e mi compri due pacchetti di…

– Non posso attraversare, signora Terry.

– Perché?

– Perché no.

– Che risposta è *perché no*? Ho capito, stai imparando a parlare pure tu col contagocce, come questi beccamorti.

– Non vado perché la mamma dice che è pericoloso.

Terry ha raddrizzato lo stelo, si è schiaffeggiata le ginocchia magre, ha riso.

– Pericoloso! E che fanno? Ti mangiano? Dov'è tuo padre?

Nunzio ha fatto un gesto, ha indicato papà. – Ti presento…

Terry ha spostato i suoi jeans rosa, i suoi occhi cigliati e i suoi zatteroni di sughero verso i maschi. Ha puntato un'unghia rossa di smalto in direzione di papà.

– Li dovete svegliare i bambini! Voi e le vostre mogli, – ha strillato. – Quando faccio un figlio io… Vero, Nunzio?

Piú tardi, gli amici della Pasticceria Francese hanno detto che quella è una grandissima buttana. Che una situazione cosí, a casa loro, non c'era mai stata. E Nunzio che lascia correre. Che va a molla, come un pupo, e la buttana grandissima gli dà la carica.

Solo Matteo se ne è stato zitto: al posto delle parole, un sorriso che sembrava una riga disegnata male. Si è pulito con uno spicchio di fazzoletto la guancia dove Terry l'ha baciato, il punto della fronte in cui lei gli ha abbassato il cappello strillando e ridendo. Matteo ha continuato a strofinarsi la faccia con il fazzoletto anche quando il rossetto non c'era piú. Intanto spazzava con la punta della scarpa il pezzo di pavimento dove Terry era passata mentre parlava, e parlava, e si infilava tra i maschi.

Giovanni copre con una mano, d'istinto, il quaderno sul quale sta finendo i compiti, approfittando di questa mattina in cui non è andato a scuola.

Papà gli chiede di passargli il quaderno e legge il titolo ad alta voce:

Riflessioni. Descrivi tuo padre. Dieci pensieri su com'è e come vorresti che fosse.

Il resto, in silenzio.

Non aggiunge una parola, in macchina, fino a quando la domanda non gli scivola dalle labbra. – Giovanni, ma tu mi vuoi bene?

Giovanni rimane zitto per un poco, gli occhi inchiodati al tappetino dell'automobile, quasi che la frase di suo padre sia rimasta lí e lui possa vederla. Papà non dice mai certe cose, quella domanda è un animale raro. Se c'è, è per farti festa o per morderti.

– Ti voglio bene, – risponde Giovanni.

– Bene e basta?

– Di piú.

Suo padre fa uno strano verso. Sembra che inghiotta una pietra.

– Papà?

– Uhm.

Giovanni sa che farebbe meglio a non chiedere altro. Ma legge il nervosismo nelle dita di suo padre che spostano la leva del cambio come se dovessero staccarla.

– È successo qualcosa?

La reazione spazientita che Giovanni si aspettava non c'è. Suo padre continua a fissare la strada. Non si volta verso di lui, non sbuffa. Muove le labbra come se stesse sciogliendo una caramella.

– No, – dice con una scrollata di spalle. Un attimo di silenzio. – Senti una cosa: dopo che ti accompagno a scuola, quando tu aspetti di entrare, davanti al cancello, hai visto qualcuno?

– Qualcuno chi?

– Qualcuno. Non lo so. Oppure all'uscita, prima che arrivo io. Un ragazzo. Chiunque. Qualcuno che ti guarda.

– Non mi pare. Ma perché, papà?

Altro silenzio. Piú lungo.

– No. Niente. Pensieri che vengono.

La pausa che arriva dopo è infinita. La voce di suo padre quasi non si sente, tra il frastuono del traffico e il motore che brontola.

– Perché io ho solo te. Cade il mondo, e a Vincenzo Vetro resta suo figlio e basta. Te lo puoi anche scrivere.

– Hai me e la mamma.

– Questo è un discorso tra maschi. A proposito: lo sai perché oggi non ti ho mandato a scuola? Andiamo insieme in un posto importante.

– Dove lavori la mattina?

– Sí. Te l'ho promesso tante volte e ora ti ci porto. Ma tu fai il bravo. Ci siamo capiti? Sennò è la prima e ultima volta.

– Sí, papà. Tutto quello che vuoi.

– Ti mangerei.

Lo fa davvero. Gli prende una mano, gliela mordicchia, tira di naso con un suono buffo, da maialino che s'ingozza. Cambia marcia e preme l'acceleratore.

– Perché non ci portiamo pure Nunzio? – fa Giovanni.

Nel volto di suo padre la dolcezza scompare di colpo.

– Il sigarettaio te lo devi scordare.

Forse dentro papà, pensa Giovanni, c'è un interruttore che accende la gentilezza e la spegne quando non ce n'è piú bisogno. O quando si dice la cosa sbagliata.

Ma passano prima da Matteo Scavone, per un saluto veloce dal finestrino. Matteo risponde sollevando il braccio, poi torna a guardare il sole. È una lucertola con un cappello a quadri, potrebbe essere in letargo.

Giovanni il negozio di stoffe l'ha sempre visto verso sera. Con la luce, adesso, quasi non lo riconosce. Adocchia il muro con l'insegna piccola, le tre saracinesche sollevate, l'interno. Coglie la sagoma di una commessa che di pomeriggio non c'è. Qualcuno seduto su uno scatolone sta leggendo il giornale, oppure dorme: da lontano non si capisce.

Si lasciano dietro la zona tra le fabbriche e il centro, attraversano le luci spente di una festa di strada, il mercato del pesce e della frutta, i tetti storti. Si fermano su uno spiazzale coperto di foglie, e lí i palazzi sono di pietra e di marmo. È come in tv: tutto diverso, quando si cambia canale.

Papà si aggiusta il giubbotto e si sistema la cintura, prima di scendere dalla macchina. Gli raccomanda di salutare e di starsene buono, come quando vanno da Matteo. Non finisce di dirlo che vedono uscire da un portone un signore magro, seguito da due omoni in giacca e cravatta, spalle quadrate, basette folte e occhi che guardano attorno in continuazione.

Giovanni sente papà che lo tira per la mano: – Eccolo. Andiamo.

Quando lo raggiungono, quel signore sta camminando a passo lesto su una passerella di pietra vicino al parco, senza nemmeno sfiorare il corrimano. Ha pochi capelli, appiattiti in cima alla testa in tre strisce precise, e baffi all'ingiú, come il messicano della pubblicità del caffè.

Mentre lui e suo padre gli si avvicinano, Giovanni annusa odore di menta forte: quell'uomo sta masticando, i suoi denti distruggono una caramella. Se ne butta in bocca un'altra prima di arrivare fino a loro.

Giovanni cerca di immaginarlo al negozio di stoffe. Non ce lo vede. È troppo veloce. Non ha il giornale del trotto in mano. Ha una borsa di pelle, invece, e quei due in giacca blu sempre dietro.

– Parla solo se ti chiede qualcosa –. Papà gli dà ancora uno strattone, poi lo lascia e si piazza davanti a quel signore, con un gran sorriso.

L'altro gli passa davanti, si ferma. Lo scruta, sembra riconoscerlo.

– Vetro. Mi ha letto nel pensiero. L'avrei fatta chiamare.

– Ho il piacere di offrirle un caffè, dottore.

– No, vado di fretta. Approfittiamo di questo incontro, due parole e via. Mi dicono che lei è bravo a capire le antifone e agire di conseguenza. Per una volta, lo faccia sul lavoro.

Gli uomini in blu indietreggiano di qualche passo. Giovanni li imita, d'istinto.

Le parole veloci di quell'uomo a suo padre sono un rimprovero. Infatti papà si porta le mani al petto, come per discolparsi, mentre l'altro scrolla la testa. Papà intanto fa segno a Giovanni di riavvicinarsi, e lui afferra parti di quel discorso.

– Con me si cambia regime, Vetro, – sta dicendo il signore con i baffi messicani. – Sono stato chiaro? Dovrebbe averlo capito. Forse chi mi ha preceduto avrà anche chiuso un occhio su certi comportamenti. Ma io no. E l'avverto: appena sento ancora una sola voce sul suo conto, prendo provvedimenti –. Guarda papà dritto negli occhi. È come se gli costasse fatica tenerli puntati su di lui. – Poi sono cazzi amari per lei, Vetro, – aggiunge. – Un'altra cosa: il bambino la prossima volta lo lasci a casa. Nelle questioni di lavoro non c'entra, non mi ammorbidisce e non risolve niente –. Su Giovanni lo sguardo dell'uomo si sofferma piú a lungo, dopo quell'ultima frase. Si addolcisce per un istante.

Papà è diventato pallido.

– Dai la mano al dottore, Giovanni, – mormora.

Il signore con i baffi alla messicana non gliela stringe, ma fa un sorriso rapido e gli infila qualcosa in una tasca. Poi richiama i due uomini. Scompaiono tutti e tre dentro una macchina che ha appena frenato a poca distanza.

Eccolo, l'altro capo di papà, pensa Giovanni.

Che i capi erano due l'ha sempre saputo, ma vederlo è diverso. C'è una gran differenza.

Matteo, il capo del pomeriggio, è come un olio. Ti scivola tiepido sul dorso delle mani, sugli occhi, e quando ti lascia andare ti resta addosso una specie di grasso. Da lui ci si può presentare senza il cappello e senza la giacca blu. L'uomo che hanno appena incontrato, il capo della mattina, invece è ruvido, graffia, ma sa di menta fresca.

Intanto, la borsa di pelle di quel signore è scomparsa dentro la macchina. Prima che lo sportello si chiuda, Giovanni lo guarda. Gli si è impigliata la giacca, se la sistema. Cosí copre la pistola che gli è sbucata per un istante da sotto l'ascella.

Solo quando si spegne il suono della sgommata che lo porta via, Giovanni si ricorda della cosa che quell'uomo gli ha messo in tasca.

Le caramelle alla menta sono di marca straniera, compresse in un tubo, l'odore è troppo forte. Ne assaggio una sola, si dice Giovanni, il resto lo conservo.

Ha deciso cosí, senza nemmeno chiedersi perché.

– Che carattere di merda, – sente dire a suo padre, sottovoce. Sta ancora guardando la macchina che si allontana.

Ripassano dal negozio di stoffe. Nemmeno stavolta si fermano. La Centoventiquattro sfila davanti alle tre saracinesche come per dare un finale a quella giornata strana, chiudendola dove era cominciata.

Matteo Scavone è ancora lí, appoggiato al banco alto della cassa. Sta scrivendo con forza qualcosa su un blocco note. Solleva la testa all'improvviso, come se avesse le antenne e sapesse in anticipo chi arriva. È un istante: lui e papà si scambiano solo un'occhiata, ma Giovanni capisce che si sono parlati. Matteo alza una mano e mostra un pacchetto di sigarette. Lo accartoccia, lo butta via.

– Minchia, – dice papà a labbra strette e pesta l'acceleratore.

La macchina sfugge alla vetrina, Matteo sparisce dietro un riflesso abbagliante.

Nunzio è pochi metri piú avanti.

Papà guida piano, i finestrini sono abbassati. Lo oltrepassa, non lo saluta. Giovanni si volta verso di lui, aggrappandosi allo schienale del sedile. Riesce a guardarlo in faccia.

Nunzio ha un velo di barba. Indossa una camicia senza colletto, come in città non se ne vedono: deve averla comprata lontano, durante il suo ultimo viaggio. È stropicciata: non è il solito Nunzio elegante. Sta parlando con un altro e agita le mani, come se le parole non gli bastassero. Di tanto in tanto rivolge lo sguardo verso il negozio di Matteo Scavone.

L'uomo che è con lui fa di no con la testa. Nunzio vuole andarci lo stesso, muove due passi, l'altro lo trattiene.

Papà accelera, se li lascia alle spalle.

– Perché non lo fai tu? – chiede Giovanni, dopo qualche minuto di silenzio.

– Che cosa?

– Perché non lo accompagni tu, da Matteo?

Suo padre serra i denti: – Non c'è tempo, e la gallina non ha pisciato.

A casa, qualche giorno dopo, Giovanni si ricorda che Fonzie ce l'ha fatta. È saltato con la sua moto oltre i bidoni, si è scollato dal volo immobile in cui lui l'aveva lasciato nella puntata interrotta. È caduto, quieto, vittorioso, tra gli applausi di chi gli vuole bene e il dispetto di chi non lo sopporta. Tra la folla c'era anche una ragazza magra, con un foulard annodato al collo.

Altrove, in una tv locale distante anni luce da Arnold's e nel cuore della città di Giovanni, qualcuno sta montando un filmato di cronaca.

Tele Trinacria Centrale.

Le si vedono i denti, tanti, grandi, ma non sta sorridendo. La strada le ha grattato via le labbra, la caduta le ha fatto spalancare gli occhi. Forse per guardarsi i pantaloni che indossava, l'ultima cosa che deve aver visto prima di fare il capitombolo. Quel bel rosa sporcato dalla polvere, bruciato, macchiato.

A Giovanni sembra che sia rimasta nella stessa posizione di quando si è staccata da lui, dopo essersi chinata per dargli il pizzicotto, alla pasticceria. Le mani aggrappate alle ginocchia. Il sedere spinto all'infuori. Manca la voce. Il suono della risata bordellosa.

L'hanno bucata qua e là. Su una mano. Le dita sono piegate come le zampe di un ragno. Il secondo buco ce l'ha su un lato della testa. Il foulard le si è appiccicato all'orecchio.

Quando la sollevano per metterla nella cassa, le gambe di Terry non si slegano, la testa non penzola. La moglie di Nunzio, o quella che era, rimane cosí: incurvata, come una statua che ride. Raccolgono il sandalo che le è scappato da un piede, glielo buttano addosso, e richiudono.

Nunzio non c'è.

Il giornalista di Tele Trinacria Centrale spiega che stavano correndo in motorino e gli spari li hanno buttati giú. Il Fantic Caballero ha sbattuto contro la vetrina di un negozio, si è impennato e se li è scrollati di dosso.

Nunzio non c'è, né per strada, né dentro un'altra cassa. Ma non è stato bravo come Fonzie. È inciampato a metà dei bidoni gialli.

Hey.

L'immagine si stacca dal giornalista, torna sulla strada, scivola sulla folla che ha caldo. S'infila tra i sandali di gomma e le infradito della gente che è lí per guardare, cerca ancora il punto in cui Terry è caduta. Si ferma sulla macchia di sangue.

«Sembra che Nunzio Cardaci sia passato dal contrabbando di sigarette alle estorsioni e poi al traffico internazionale di eroina, – dice il giornalista. – Gli investigatori ipotizzano che prima di questo episodio si stesse conquistando una rete di protezioni sotterranee che negli ultimi tempi gli avevano evitato varie perquisizioni e l'arresto per reati minori. Numerosi i possibili motivi del tentato agguato di stamattina al criminale in ascesa: un grosso affare condotto da solo. O forse il doppio gioco con qualche committente rivale: magari il passaggio a un gruppo piú potente nell'ambito del contrasto tra due famiglie. Un passo falso che qualcuno, oggi, ha deciso di fargli pagare caro. Cardaci però è stato piú veloce o piú fortunato della sua convivente, Teresa Lonardo. È scampato ai colpi di arma da fuoco e ha fatto perdere le proprie tracce. Resta da stabilire se il tentativo di colpire Nunzio Cardaci sia stato messo in atto dalla sua famiglia di appartenenza, che farebbe capo alla zona del porto, oppure a un'altra cui potrebbe essere recentemente passato, forse quella insediata nell'area di nuova espansione della città. Non si esclude l'ingerenza di una terza famiglia, magari della provincia».

Giovanni stava giocando quando Fonzie che salta i bidoni e vince è diventato una bugia. Il piccolo robot giapponese che Nunzio gli ha regalato gli cade dalle dita. Finisce a faccia in giú, le ginocchia piegate e i piedi sollevati, dentro un cerchio di Playmobil che assistono alla scena con occhi tutti uguali. Nella testa di Giovanni, quelle parole, *famiglia*, *famiglie*, si ripetono all'infinito. Giovanni guarda in giro, scruta il soggiorno, il tavolo da pranzo, la porta dalla quale suo padre è uscito. Che c'è di cattivo, in una famiglia?

La mamma, alle sue spalle, afferra il telecomando e cambia canale.

Giovanni si volta verso di lei. – Era uno che giocava con due famiglie... – ansima, e gli sembra quasi di non riconoscere la propria voce, come se dentro di lui ci fosse qualcun altro che grida, che chiede perdono e chiama aiuto nello stesso momento.

Sua madre non risponde. Cade giú svenuta, e lo lascia da solo, con il televisore sintonizzato sul vero Fonzarelli, il duro con il giubbotto di pelle che ficca il pollice in culo alla morte.

Hey.

Se ci si concentra soltanto su Matteo, se lo si ritaglia dal gruppo inquadrandolo tra le dita, come dentro un mirino o nello schermo del televisore, si può persino credere che si comporti come si comporterebbe un signore buono. Ma se fosse stato buono, sarebbe andato a testa bassa al funerale di Terry, l'estate di un anno fa.

Se lo si stacca dal resto della compagnia, si indovinano i pensieri che gli passano per la mente. A volte gli bloccano lo sguardo per due o tre secondi; allora i suoi occhi fissano il nulla. Sulla fronte gli si disegnano rughe improvvise, e Matteo Scavone scuote la testa. Devono essere pensieri fastidiosi come le zanzare, immagina Giovanni, che ti si posano addosso per succhiarti il sangue anche dopo che hai spruzzato il Ddt. Uno come Matteo, che ha paura delle zanzare, perché non ha fatto entrare Nunzio in negozio? Perché non è andato al funerale di Terry?

Il gioco finisce quando il cameriere posa davanti a Matteo un piatto di spaghetti con le vongole. Giovanni spezza il triangolo di dita nel quale ha rimpicciolito Scavone. L'immagine si allarga, ritornano i suoni del ristorante, le risate, e quel pranzo che sembra un dispetto. Matteo pianta la forchetta nella matassa che ha sul piatto, la fa ruotare piano sennò le vongole scappano. Si porta alla bocca un gomitolo di spaghetti sgocciolanti, una lacrima d'olio gli lucida il mento. La salvietta cancella lo sporco. Come il rossetto di Terry, un anno fa. E forse ha cancellato anche Nunzio dai pensieri di Matteo, perché le rughe sulla sua fronte scompaiono.

Esplode un applauso nella grande sala del ristorante: ha lo stesso suono di quando piove all'improvviso. Si alza un grassone a capotavola. Giovanni lo ha già visto in tv. È un cantante napoletano.

L'uomo fa la riverenza a Matteo, solleva un braccio, spalanca la bocca, la gola gli si muove come se una ranocchia ci saltellasse dentro. Da quel gargarozzo parte una voce potente. Alcuni clienti che non c'entrano con Matteo e con gli amici, seduti ad altri tavoli, si voltano sorpresi da quel napoletano fenomenale che canta come se avesse uno stereo a tutto volume infilato nella pancia. La canzone dice che quello che è stato è stato, e scordiamoci il passato.

Le labbra di Matteo si stirano in un sorriso che Giovanni vorrebbe provare a descrivere. Gli si vedono dei pezzetti di pasta masticata agli angoli della bocca. In televisione certe volte mostrano dei coccodrilli grandi che mangiano i coccodrilli piccoli e poi se lo dimenticano. Ecco.

Giovanni è seduto a un tavolo in disparte, insieme a papà. Si volta verso di lui. Si chiede se è un coccodrillo grande, uno piccolo o non è un coccodrillo per niente.

Matteo deve essere uno di quelli grandi, su questo non ci piove.

Hanno preso soltanto un primo. Quel giorno suo padre non ha appetito. Giovanni meno di lui.

Il resto accade in fretta, e per caso. Giovanni si alza e va ai gabinetti del ristorante.

La toilette è uno stanzone bianco, illuminato da un neon che ti fa le mani pallide come quelle dei morti. Sulla tavoletta e sul lavandino ci si specchia. Non è sempre cosí. Giovanni c'è già stato altre volte. Oggi quel bagno l'hanno pulito alla perfezione perché Matteo prima o poi deve andarci a pisciare.

A Giovanni occorre tempo per farla. Deve rimanere in silenzio per qualche minuto, isolarsi dal resto del mondo, altrimenti è come se ce l'avesse annodato. Gli succede quando capisce che non è solo.

Li sente parlare nell'anticamera del gabinetto, dove ci si sciacqua le mani. Dapprima è un mormorio, poi un suono piú confuso. Le voci vanno e vengono. Giovanni riconosce quella nasale di Matteo Scavone.

– Insistono che abbiamo sbagliato.

– Eppure lo sanno che è come se il sigarettaio fosse morto pure lui.

– Qualcuno l'ha piú visto in giro? Io no.

– Mi sono informato, zio Matteo. Se ha cercato qualche ferro pulito, se si è messo in testa la vendetta, ce lo dicono. Per ora niente, anche dopo tutti questi mesi.

– E niente farà. Gli abbiamo tagliato i coglioni. Che ti dicevo io? Liquidare lui o quella buttana era lo stesso.

– È anche vero che la cosa si era organizzata per il sigarettaio.

– Ma che siamo, ragionieri? Tutto quadrato deve essere? Anche se ci è andata di mezzo una sucaminchia, meglio: meno sono e meno parlano. Alla prossima riunione glielo spiego io, agli altri.

– Loro ancora insistono che lo sbaglio non l'avrebbero fatto. Che forse è stata una questione personale.

– Personale di chi? Mia? Ma stiamo scherzando? Possono dire quello che vogliono. Io una cosa sola garantisco: nella prossima questione che dobbiamo sistemare, errori non ce ne saranno. Specialmente perché c'è un bambino di mezzo.

– È tutto confermato?

– Come stabilito: al bar vicino a dove lavora. Il Silver. Quando c'è meno traffico. Di mattina.

– Buono. Cosí siamo sicuri che non ha il figlio appresso. Tanto lui non entra in ufficio se non si addolcisce la bocca. Se non si compra…

Si intromette un rumore assordante che nella stanza vuota dei lavandini sembra un urlo. È la ventola dell'asciugamani elettrico. Giovanni non ha sentito aprire l'acqua. Non si sono lavati le mani per davvero. Accendere l'aria calda è un trucco per coprire quello che si dicono, scommette, perché potrebbe passare qualcuno davanti alla porta.

Il cannolo con la ricotta, Giovanni pensa velocemente. Al bar accanto all'ufficio di papà lo fanno fresco ogni mattina.

La pipí gli schizza tra le dita, lontana dal water, e tamburella sul pavimento. L'asciugatore elettrico si spegne al momento giusto.

– La spia conferma che il tempo c'è. E io mi fido, – ritorna a farsi sentire una delle due voci al di là della porta.

L'uomo che ha parlato con Matteo Scavone non ha volto, potrebbe essere uno qualsiasi dei tanti seduti al suo tavolo. Uno degli amici di papà.

Dopo che le porte si sono aperte e richiuse, quando Giovanni capisce che può rientrare in sala senza incrociare quegli uomini che parlano piano di cose terribili, ritrova Matteo a tavola. È nello stesso punto in cui l'aveva visto prima di andare al gabinetto. Nell'identica posizione. Sta ancora affondando la forchetta negli spaghetti.

Giovanni si siede accanto a suo padre. Incontra il suo sguardo. È tranquillo. La sensazione è contagiosa. Non può succedere niente di male, mai. Né a me né a te.

– Aspettami qui.

Papà si alza, Giovanni non fa in tempo ad afferrargli una manica.

Mentre si chiede se non sia il momento di urlare quello che ha ascoltato nei bagni, suo padre è già al tavolo di Matteo. Si piega su di lui, gli dice qualcosa.

Il resto, Giovanni l'ha già visto un anno prima.

Matteo avvolge la faccia di papà con entrambe le mani. Gliela stringe, sembra quasi che voglia avvicinarselo alla bocca e baciarlo. O tastargli la testa, le guance, la fronte, per capire di che pasta è fatto.

Papà soffia dal naso, in silenzio. Siede sulla poltrona del salotto e guarda il muro. Ha ancora indosso il giubbotto. Giovanni lo osserva dalla porta che dà sul corridoio. Poi gli si avvicina e lo bacia. Le guance di suo padre sanno di vento sporco.

Stanotte è stato in posti da cui andarsene in fretta. Ha camminato a piedi. Sotto una suola ha una gomma da masticare calpestata per distrazione.

– Vai a letto. Che fai alzato a quest'ora?

Giovanni si chiede se dirglielo o no. Ma si ricorda anche che suo padre gli ha fatto delle domande chiare e tonde, qualche tempo fa, in macchina. Ha impressi nella mente quel giorno e quelle parole, per filo e per segno. Può usarle pure lui.

– Papà.

– Dimmi.

– Dopo che mi accompagni a scuola, prima di entrare in ufficio, hai mai visto qualcuno?

– Qualcuno chi?

– Qualcuno. Non lo so. Oppure all'uscita, quando torni a prendermi. Qualcuno che ti guarda.

– No.

Silenzio. Lunghissimo.

– Perché?

– Niente. Dicevo per dire, papà. Pensieri che vengono. Ogni volta che tu torni a casa piú tardi dal lavoro o dai tuoi amici, io… – Un fiotto di saliva gli ostruisce la gola. – Papà, l'altra volta ho sentito cose brutte che…

– Che hai sentito? Che devi sentire, tu, a questa età? Che devi capire?

– Niente.

La pausa che arriva dopo è ancora piú lunga. Suo padre lo guarda senza dire nulla. Poco dopo si alza, va in camera da letto. Torna con la sua pistola.

– Io ho questa e me la porto sempre appresso. Sempre. Lo sai. E le cose le sento prima di te, quindi non farteli venire certi pensieri. Non mettere confusione in mezzo.

– Lo faccio perché io ho solo te, papà –. Giovanni stringe i pugni. – Cade il mondo, e a Giovanni Vetro resta suo padre e basta.

– E tua madre...

– No. Questo era un discorso tra maschi. Ecco perché sono rimasto sveglio fino a ora.

Ci sono odori che fanno amicizia e altri che si fanno la guerra, si ripete Giovanni. In quel caso uno solo vince. La cucina di casa puzza di stracotto e di sugo scappato dal bordo della padella.

Matteo sa di olio crudo: sembra niente, ma se ci metti un piede sopra scivoli. Terry sapeva di fragola, ma come quando la fragola si guasta dentro il frigorifero. Nunzio odorava di ciclomotore che corre, del filo di benzina che si è lasciato dietro quando è scomparso.

La voce al telefono che Giovanni vorrebbe sentire odora di quel certo terribile giorno al bar che forse sta arrivando: ed è la stessa puzza dello scorso capodanno, quando papà ha sparato i colpi al cielo, per ammazzare il 1978, e poi ha nascosto la pistola.

Che devi sapere, tu, a quest'età? Non mettere confusione.

Niente confusione, va bene. Ma su di sé Giovanni sente l'odore acido di quando si ha paura. Il giubbotto beige di papà attaccato all'appendiabiti magari lo cancellerà. Dopo averlo indossato Giovanni sembrerà piú grande, davanti allo specchio dell'ingresso.

Si mette anche il cappello blu che suo padre porta quando va al lavoro. Il berretto, con quella sua tesa di plastica scura e il davanti che brilla, lo fa sentire ancora piú importante. Si guarda nel riflesso. Alle sue spalle, come in un sogno, spunta un pannello di compensato pieno di foglietti con lo spillo, tale e quale a quello che si vede nell'ufficio del telefilm: è apparso al posto del mobile dell'entrata.

Giovanni si tocca il mento. Il giorno che gli crescerà un po' di barba somiglierà al poliziotto con i ricci scuri, Starsky. Ma va bene anche Hutch. Adesso gli serve essere uno qualunque dei due. Sfiora una pistola che non c'è, infilata nella cintola dei jeans. Si aggiusta il copricapo.

Camminare a gambe larghe, con le mani ficcate in tasca, è il tocco che gli manca per diventare come quei due che adesso avanzano dallo specchio, proprio come fanno in televisione.

– *Domani è il gran giorno, risolveremo un bel po' di problemi: che ne dici, amico?*

– *Domani? Passiamo all'azione subito, Starsky.*

– *Andiamo prima dal capitano Dobey. Forse noi non ce la facciamo, da soli. Ma lui potrà salvarlo.*

– *Ne vale la pena?*

– *Scherzi! Mio papà devi vederlo com'è fico, amico. Ma mi sa che si è messo nei guai. Deve avere qualche problema con la legge... umpf.*

– *Che ti prende, Hutch?*

– *Mi è andato di traverso qualcosa. Devo bere un sorso, amico.*

– *Siamo in servizio.*

– *Oh, diavolo... Invecchierai attaccato ai regolamenti, bello.*

– *Sai cosa? La mamma complica un bel po' le situazioni. Ad avercela con Vetro sono quelli della Pasticceria Francese. Ma non mi quadra chi è a telefonare.*

– *Bah. Lascia perdere i discorsi di quell'isterica sbullonata.*

– *Ehi, vacci piano. Stiamo sempre parlando della mia vecchia. E ricordati che quando poi decide di cantarle chiare, due su tre scopri che ci ha azzeccato.*

– *Ok, si vedrà. Ma dove diavolo si sarà cacciato Dobey?*

– È facile, amico. Basta seguire l'odore delle sue straordinarie mentine.

Gli odori si mescolano tra loro, decidono se diventare amici o farsi la guerra. L'olio che trasuda dalla pelle di Matteo, Terry che sa di fragola morta: tutto cede alla menta. Conservata in pastiglie, dentro un tubo di carta argentata.

Bisogna stringere i denti, aspettare lo schiocco e il bruciore che infiamma il palato, proprio come ha visto fare al capo della mattina, che porta la pistola sotto l'ascella.

Una sola mentina non basta, due forse sí.

Quando papà rientra, Giovanni è a letto con il suo giubbotto addosso, e finge di dormire. Il cappello l'ha rimesso dov'era.

La mattina dopo, suo padre ha fretta di portarlo a scuola.

Appena l'automobile si allontana, Giovanni volta la schiena al portone della scuola. Si guarda attorno per vedere se qualcuno si è accorto che quel giorno lui non entrerà. Si sente un po' bugiardo e molto coraggioso. Deve agire subito. Quello che ha ascoltato al ristorante potrebbe succedere anche domani.

Giovanni serra le palpebre, fa buio davanti a sé, con le dita si cancella dalla guancia il bacio umido di sua madre e quello secco, frettoloso, di papà che lo ha appena lasciato nell'atrio insieme agli altri ragazzini.

Ha la pistola. È un pensiero che aiuta. *E poi, come dice lui, se il male non lo vedi, non esiste*. Per la prima volta quella frase di suo padre non funziona. Si perde nel ruggito del soffio elettrico dell'asciugatore, al ristorante, dove la mente di Giovanni ha continuato a tornare, di notte, di giorno.

Giovanni ripassa a memoria il percorso che lo porterà

dalla scuola alla zona dove lavora suo padre e dove cercherà di incontrare l'unica persona che può aiutarlo. Davanti ai suoi occhi si stende una specie di mappa dei pirati. Ci sono i teschi che indicano le trappole, i punti oscuri dove un bambino può perdersi, ci sono i pozzi nei quali lo trascineranno i cannibali per non restituirlo mai piú. Vede colline da scalare. Distese di deserto dove bisogna proseguire con le scarpe in mano. Il lamento di sua madre lo accompagna.

Sulla passerella di pietra: è lí che deve aspettare la persona che può salvare papà. Oppure potrebbe tentare di raggiungerlo nel suo ufficio, se sapesse qual è. Poi dovrà sforzarsi di non arrossire, di non spezzettare le parole e di raccontare tutto senza perdere il filo né piangere: di Matteo Scavone, delle decisioni prese nel bagno del ristorante, e di quell'altro personaggio misterioso che chiamano *la spia*.

Qualcuno urla all'improvviso. Giovanni si volta di scatto. È un ragazzo su un motorino, bocca e corpo piegati da un lato in quel grido da scimmia. Non ce l'ha con lui: prosegue, si rimpicciolisce in fondo allo stradone, scompare. La gente morde i bambini che camminano da soli: gliel'ha detto la mamma, una volta.

Ma il peggio potrebbe essere domani. Papà stamattina era piú pallido del solito. Mentre si metteva la giacca blu e il cappello, l'ha sentito parlare da solo, sottovoce, come se cercasse di risolvere un'addizione o una sottrazione impossibile.

Se il male non lo vedi, non esiste.

Fa due passi che diventano dieci lungo il muro della scuola. È piú lontano, adesso, ma non basta. Bisogna scendere dal marciapiedi. Non pensarci nemmeno a tornare verso casa.

Dopo che l'hanno investita, la mamma gli ha raccontato che nel momento in cui ti colpiscono rivedi tutta la vita, a pezzi, al contrario, le cose belle e le cose brutte, come in un film che gira all'indietro. Finisce e poi ricomincia. E non si può andare piú avanti di cosí, è questo il guaio, ma solo riprendere dal punto di partenza, per sempre, come quando si muore.

Per un istante Giovanni indietreggia, traballa. Si volta, cerca con gli occhi il portone della scuola, torna sui propri passi. Poi si ferma e guarda ancora davanti a sé, difendendosi dal sole con una mano. Come sarebbe brutto cadere lí, pensa, tra le macchine che corrono, la cartella buttata sulla strada e spalancata come la bocca di un cane morto, le matite sparse attorno, la gente che grida.

Mentre suo padre è al bar vicino all'ufficio. E si fa la bocca dolce, come ha sentito dire a Matteo Scavone. E...

Giovanni sporge un piede oltre il cordolo di cemento e con la punta della scarpa tocca l'asfalto. È un movimento breve, ma a lui sembra un tuffo dal letto. Si cade, si sbatte.

Un'auto gli passa davanti, veloce. Sposta vento caldo, glielo soffia sulla faccia.

Giovanni ritrae la gamba, torna sul marciapiedi. Gli manca il fiato, gli gira la testa. Si dice che forse dovrebbe lanciarsi a occhi chiusi. Vincere la paura e attraversare alla cieca. Dieci bidoni da saltare. Come Fonzie.

Ma se qualcuno sbuca da un vicolo e lo picchia senza motivo? Tenteranno di rubargli la cartella, sí. E poi...

Poi, il signore dal quale sta andando...

Non mi crederà. Mi caccerà via. Se non mi ha creduto papà, lui farà lo stesso.

Giovanni si fruga in una tasca. Gli è rimasta l'ultima caramella alla menta. La mastica. Respira quel sapore forte e la magia ritorna. Unghiate di ghiaccio gli strappano le parole dal petto. Gli fanno stringere i denti, e poi uscire il fiato, di forza. È come se fosse già davanti all'ufficio.

«Vogliono ammazzare mio papà, signor capo messicano, – riesce a dire a voce bassa, – forse oggi, o domani, o dopodomani, al bar qui vicino».

Le parole gli cadono dalle labbra insieme a pezzetti di menta, spinte da singhiozzi che gli stringono la gola.

«Una mattina. Lo ha deciso quello lí. Il capo del pomeriggio: Matteo Scavone. Prima Terry e ora...»

Ha posato un piede sulla strada. Adesso tocca all'altro. Ancora un passo ed è fatta.

«E le telefonate a mia mamma, signor dottore con i baffi. Dicono che prima o poi mio padre non torna piú».

Riapre gli occhi e si ritrova a metà delle strisce pedonali, un piede posato sul bianco, l'altro sul nero. Non gli succede niente: non l'hanno investito, non l'hanno rapito. Un'altra macchina gli passa vicino, ma non lo tocca. Basta stare attenti, ha scoperto Giovanni, e si può andare ovunque.

Deve ripassare questa frase, per non sbagliare. «Papà non sa niente. Se si accorge che ti racconto queste cose, mi punisce. Perché tu e quel Matteo siete nemici, non è vero? Però tu sei piú forte di lui. E forse scopri pure chi è la spia di cui parlavano al ristorante. Non dire no. Li devi fermare. Tu difendi tutti. L'ho letto sul giornale».

Una scaglia di menta gli si frantuma sotto i denti. Gli si sparge in schegge sulla lingua. La scuola adesso è un cubo bianco, lontanissimo.

Un ultimo scatto delle gambe e finalmente raggiunge il marciapiedi opposto. Si appoggia a un muro.

– Difendi anche mio padre, signor vicequestore, – ansima.

Vi-ce-que-sto-re.

Ora che si è ricordato il modo giusto di chiamarlo, quell'uomo con i baffi messicani, è sicuro di non sbagliare quando lo incontrerà.

Gli spari arrivano prima. Tre.

Era per oggi, lunedí. Non c'è traffico, i negozi chiusi.

Giovanni si blocca, poi vorrebbe scappare. Si dice che è stato l'uomo coi baffi a sparare, oppure suo padre, oppure...

Ride, ma è piú un soffio: come quando arriva uno schiaffo improvviso e non si sa cosa fare.

La gente per strada si è fermata tutta insieme. Ha sollevato la testa verso il sole o l'ha abbassata all'improvviso, quasi che gli scoppi venissero dalla terra, da sotto i tacchi. Dopo quei colpi, la gente non sa piú dove guardare.

Spari. Tre.

Giovanni aspetta che quel silenzio strano finisca, che qualcuno urli. Uno solleva il braccio in direzione del bar con l'insegna «Silver», dove papà mangia i cannoli la mattina. Il barista è accovacciato sul marciapiedi, l'orlo del grembiule gli copre le scarpe. Un uomo anziano gli porge un bicchiere d'acqua.

Nell'aria, un suono di zanzare, come in chiesa, quando pregano le vecchie.

Poi il rumore aumenta. Arriva dalla passerella di pietra, e voltandosi lo si sente piú forte.

La porta della Questura si gonfia di stoffa blu e di metallo dorato. I poliziotti corrono in gruppo sulla passerella. La folla che si è riunita sul posto degli spari si sfilaccia, le divise ci passano dentro.

Giovanni è ancora immobile. Ha le gambe di ghiaccio e un pollice infilato in bocca. Si è morso il dito.

C'è un uomo appena arrivato dal bar, si sbraccia, la gente lo tira, gli fa domande.

– Hanno ammazzato un poliziotto, – dice allentandosi il colletto della camicia.

Giovanni si mastica ancora il pollice. Suono di conchiglia nelle orecchie.

– Forse non è morto, – aggiunge l'uomo. – Ha sparato pure lui.

Giovanni gli si avvicina. Lo afferra per una manica. Gli chiede com'è fatto, il morto. Lui l'ha visto: deve dirgli che faccia ha, chi è.

Quello lo allontana con un gesto di fastidio.

– Stava prendendo il caffè, – continua rivolto a chi domanda. – Gli hanno sparato ed è caduto sulla vetrina dei dolci. Non ho mai visto tanto sangue in vita mia.

Giovanni si volta, e mentre il tizio sta ancora muovendo le mani nell'aria, per descrivere come è crollato il poliziotto, come ha cercato di reggersi, come ha lasciato ditate di sangue sui vetri, un animale in trappola.

Non sente la propria voce mentre urla qualcosa. Solo un bruciore alla gola.

L'uomo però lo ha sentito. Smette di raccontare, lo guarda, lo scuote. Si aggiungono altre persone. Lo prendono per il mento, gli dicono di non guardare. Cercano di allontanarlo.

Giovanni li stupisce tutti. Perché invece guarda verso il bar e ricomincia a ridere.

Suo padre è vivo, è lí davanti, e fa segno ai curiosi di allontanarsi. Tutti i colleghi in divisa si agitano attorno a lui, ma papà no. Papà riesce a mantenere la calma anche quando i due uomini in giacca blu, gli stessi che stavano con il vicequestore, gli vanno incontro.

Il cappello della divisa gli cade, papà lo raccoglie con uno scatto, se lo rimette, il fregio con l'aquila, la «r» e la «i» di *Repubblica italiana* gli scintilla sopra la fronte. Il vice-sovrintendente di polizia Vincenzo Vetro tira fuori il manganello, fa il gesto di usarlo contro qualcuno che si avvicina troppo. Uno dei suoi colleghi sta piangendo.

Giovanni smette di ridere nell'attimo in cui si chiede chi è morto veramente, al posto di suo padre. Subito dopo, sente un fiotto caldo scorrergli lungo la coscia. Tutto quello che c'è dentro la tasca sinistra diventa un fango tiepido, zuppo di urina. Tutto: la banconota da cinquecento lire per la colazione, l'involucro delle caramelle, le sue gambe che cercano di piegarsi all'improvviso.

Ci sono momenti in cui non riconosci piú una faccia che hai visto tutti i giorni della tua vita. Succede, per esempio, quando chi ti sta davanti tocca per sbaglio la punta rovente del ferro da stiro, o si schiaccia un dito con il martello. È come scoprire il suo vero volto all'improvviso: se è un tipo pauroso, vedi lo spavento come non lo vedrai mai. Se è cattivo vedi la rabbia, ma forte, la stessa degli animali. Se la persona che cambia faccia nasconde il segreto che Giovanni pensa, avrà un comportamento diverso. Si passerà una mano sulla fronte per controllare se sta sudando. Si guarderà le dita per capire se trema. Si guarderà intorno, per indovinare se l'hanno smascherato. Avrà l'espressione che ha papà in quell'istante davanti al Silver, e che sta già svanendo. Trascorrono ancora pochi secondi, e due tizi con il camice bianco portano fuori dal bar l'uomo colpito dalle pallottole, disteso sulla barella.

Cosí Giovanni sa finalmente chi è.

Ha i baffi spioventi, ha il mento venato di sangue e muove ancora la testa. Cerca di sollevarla dal cuscino e spalanca gli occhi che sembrano scoloriti, li apre come se cercasse qualcuno, come se sapesse che in giro, tra la folla, c'è una faccia che deve guardare bene prima di chiuderli per sempre.

Poi lo infilano nell'ambulanza.

Da una tasca gli cade giú un tubetto di caramelle alla menta.

Non chiudere gli occhi. Nemmeno per un istante. Fissarlo. Capire che cosa dice il suo sguardo.

Durante. Dopo.

Sognare e sognare ancora la sua faccia. Paragonarla sempre a qualcuno, a qualche cosa. Sennò sfugge.

Giovanni ha continuato a ripeterselo. Si è aiutato immaginando gli animali, che non possono spiegare le cose a parole e allora bisogna stare attenti alla piega del muso, a un lampo nelle pupille, per scoprire che cosa vogliono, che cosa provano, da che cosa stanno per scappare.

Papà è seduto sulla poltrona del salotto. Giovanni lo guarda, in piedi, vicino al divano, una mano posata su un bracciolo. Deve sforzarsi di non tremare. La lampada sul tavolino accanto illumina suo padre a metà. Quando si muove, quella luce lo trasforma.

Giovanni se lo è figurato come un gorilla, un orso, poi un serpente. Ora aspetta che si trasformi in un cane mansueto, prima di decidersi a parlare.

– Papà? Che cosa è una spia?

A quella domanda, suo padre sembra allungare il grugno, ed ecco che diventa un coccodrillo. Le palpebre gli calano lente sugli occhi.

Suo padre è stato al funerale del vicequestore. Giovanni l'ha visto in televisione. Si asciugava una lacrima con il dorso della mano. Nell'altra stringeva il cappello blu della polizia. Era vicino alla vedova. Al figlio piccolo.

Si prende un po' di tempo prima di rispondere. Forse sta ricordando quei momenti e stira un angolo della bocca. Forse sta masticando quei ricordi, ma ogni tanto si bagna le labbra con la lingua, come se volesse leccare via il loro sapore.

– Perché me lo chiedi? – dice alla fine.

– Cosí.

– Che domanda è?

– Una domanda, e basta.

Giovanni si siede. Tutti e due guardano il televisore, adesso. Suo padre distoglie gli occhi, batte un piede con fare nervoso, ma ferma il movimento quasi subito. Sospira, il suo sguardo torna alla puntata di Starsky e Hutch.

Qualcuno ha drogato Hutch, che sbava, inciampa, straparla. Starsky deve rinchiuderlo in una stanza. Aspettare che gli passi. Starsky e Hutch non sarebbero gli stessi di sempre, senza Hutch.

– Una spia? – riprende papà. Ci ha pensato su in silenzio, a lungo. – Lo sai. È uno che tradisce.

– Lo so. Ma tu fammi un esempio.

Suo padre si sistema piú comodo sulla poltrona. Mentre si muove sparisce nell'ombra, torna alla luce, e il muso da coccodrillo che aveva al posto della faccia è scomparso. È riapparso il viso stanco di quando è rientrato dal funerale.

Mezz'ora dopo la cerimonia, papà si è cambiato i pantaloni e la giacca per uscire di nuovo. È rincasato tardi. Aveva un odore pastoso sul collo. Olio, zucchero a velo. Odore di Pasticceria Francese.

– Giuda, – dice.

Giovanni si volta verso di lui, a quella parola. – Giuda? – All'improvviso non riconosce nemmeno la sua voce. – E che ha fatto Giuda, papà?

– Te l'hanno insegnato a scuola.

– Ma tu me lo spieghi meglio.

– Giuda stava con Cristo e se l'è venduto.

Lo sguardo di suo padre si smarrisce per un istante nelle immagini del telefilm. Ma è un trucco, lui resta attento. Giovanni lo sa. Gli elefanti sembrano quieti, i loro occhi sonnecchiano mentre aspettano il lampo, la pioggia che li spaventa. Ma dentro rimangono in allerta. Giovanni ha letto che non dimenticano mai.

– E Giuda ci ha guadagnato a vendere Gesú.

– Come no. Trenta denari.

Hutch chiede a Starsky: drogami. Starsky lo zittisce con uno schiaffo. Piange per il suo amico che non è piú lui.

– Bravo. Mollagliene un altro, – dice papà.

Giovanni adesso scopre un ghigno da lupo.

– Che se ne faceva di trenta denari?

Papà fissa Giovanni.

– Si vede che lo stipendio non gli bastava.

La mamma ride all'improvviso, da qualche parte. Papà nemmeno la sente, Giovanni si volta verso la porta. Eccola. È in cucina. Vorrebbe urlarle di non starsene sempre chiusa lí. La mamma solleva la testa, li guarda, punta i gomiti sul tavolino accanto alla credenza. Scalcia qualcosa e fa una specie di guaito, come i cani che sognano.

– Gesú non lo pagava? – insiste Giovanni.

– A belle parole, – sbuffa papà. – Ora fai il bravo, vediamo come gli finisce a questi due in televisione.

Il telefilm finisce come deve finire. Hutch è guarito: era un bastardino con la bava, è tornato a essere un dobermann scattante.

– Papà?

– Uhm.

– Il vicequestore che hanno ammazzato l'altro ieri era come Gesú?

Suo padre guizza. Giovanni è pronto a giurarci: ha soltanto scosso il capo, ma la luce dell'abat-jour lo ha trasformato in un geco che cerca una fessura buia per nascondersi.

– Che paragoni!

– Nemmeno un poco?

– Dettava legge, come Gesú, – dice papà. – Forse pensava di fare pure i miracoli. Pace all'anima sua. Era pagato per fare rispettare le regole.

– Anche tu, papà.

Giovanni vorrebbe spaccare la lampada che gioca con la faccia di suo padre, sformandogli la bocca nel muso di un agnello, pronto a belare.

– Io non faccio l'eroe.

– No?

– No.

– Perché no?

– A me mi pagano meno.

– Il resto te lo dà Matteo.

– Ma che è questo interrogatorio? Matteo mi fa solo qualche regalo ogni tanto.

– Perché?

– È ora che te ne vai a letto.

– Prima mi devi rispondere –. Giovanni prende fiato.

Lo voglio sentire da te.

– Il Giuda del vicequestore sei tu, papà?

Non è la voce di suo padre a rispondere, ma un suono piú forte. Sembra quello di una pentola che cade e rimbalza. Lo schiaffo è cosí potente che sposta Giovanni d'un lato, facendogli ruotare la testa di scatto, spingendolo contro lo schienale del divano e riempiendogli la bocca di un sapore salato. Forse c'è stata anche una frase, rabbiosa:

– E casomai chi mi denuncia? Tu?

Giovanni solleva i pugni verso suo padre che si è ributtato sulla poltrona, come se non si fosse mai alzato. Li ritrae verso il petto quando lui lo guarda, e sono occhi che gelano il sangue, neri e tondi come quelli di uno squalo.

– Vincenzo Vetro non ha mai fatto ammazzare nessuno, ricordatelo! – lo sente sibilare, come se davvero sfrecciasse sott'acqua, verso di lui. – Vincenzo Vetro ce l'ha un cuore. Per le strade sente tante cose. Ma se non le vede con questi occhi, allora non esistono.

Restano immobili, a farsi colorare la pelle di grigio dalla luce del televisore.

Giovanni è l'unico spettatore in sala. L'Astracine gli sembra un guscio lontano da tutto, nel quale farebbe il nido volentieri, anche se è solo a due passi da casa. Odora di gente che se ne frega di lavarsi i piedi, di legno vecchio come in chiesa, di velluto prigioniero di un armadio. La luce è morbida, addormenta i pensieri. Ci sono tre file di sedili macchiati e semi di zucca masticati e sparsi per terra. È uno di quei cinema dove proiettano film tutti graffiati che la gente ha già visto in posti piú puliti. Ci vengono i vecchi del quartiere per accorciare pomeriggi che non finiscono mai. Ci vengono anche i bambini come lui, che scappano da casa e non hanno amici per strada.

Il bigliettaio lascia entrare tutti, se li conosce.

Fa molto caldo, anche se è novembre, e nemmeno i vecchietti hanno avuto voglia di chiudersi lí.

Il film di oggi è vietato ai minori. A Giovanni mancano sette anni per poterlo vedere.

Al cassiere non gliene frega niente delle regole. Come a papà.

Però gli ha passato il biglietto facendo una commedia che non finiva piú, tanto per dire che lui i piú piccoli non dovrebbe autorizzarli. Aprendo il tendone, gli ha ordinato di andare a sedersi di corsa nell'ultima fila e di scappare se dovesse fargli un segno con la torcia.

– Metti che arriva un controllo: tu devi sparire. Per la legge, uno certe cose le deve vedere a diciott'anni.

– Nel caso esco dalla porta di sicurezza, va bene.

– Ma che ci vieni a fare qua? Non è cosa per bambini, questo schifo di film –. Il bigliettaio fa un gesto ampio, mostra i manifesti appesi in giro. – Morti che camminano, teste che scoppiano.

– Fuori è lo stesso.

– Ma se *qui dentro* ti prende un colpo per la paura, io non ti ho mai visto.

– Anzi, lí fuori è peggio. Ma piú grigio e piú lento.

– Chi ti capisce è bravo, ragazzino.

Cosí Giovanni si è seduto in quel pulciaio che papà gli ha sempre proibito. Papà che detta le regole. Proprio lui.

Giovanni guarda fisso il telo vuoto, mentre pensa a queste cose, intrecciandosi le dita fino a sentire freddo e dolore.

Lo schermo è gigantesco. È piú grande almeno cento volte del televisore che ha spento a casa, con furia, lasciando a sua madre tutti quei colori fasulli.

Buio. Il proiettore si accende facendo tic-tic-tic come la ruota di una bicicletta quando ci attacchi sopra le figurine.

Il cinema, i prossimamente, il cono di luce pieno di polvere, i neon verdi e rossi sono la sua tana e basta, decide Giovanni.

Soltanto sua. Non di suo padre. E nemmeno di Matteo Scavone.

Silenzio. Il film comincia.

«Uccidono per nutrirsi. Mangiano le loro vittime, mi spiego, mister Berman?», dice l'intervistato all'intervistatore nero.

«Perché tornano in questo supermercato?», si chiedono l'uomo e la donna sul tetto.

«Deve essere l'istinto. Era un posto importante quando erano vivi».

«Non dobbiamo credere che si tratti di nostri amici o parenti, non lo sono piú», fa l'uomo con la barba e la benda su un occhio.

«Ho visto molte persone morse dagli zombi, – dice il poliziotto nero. – Nessuna è mai sopravvissuta piú di tre giorni».

«Occupati di me, quando ti accorgerai che sono diventato uno di quei cosi, – implora il poliziotto biondo, contagiato. – Io cercherò di non tornare, cercherò di non tornare, cercherò...»

La sagoma arriva alle spalle di Giovanni a sorpresa, camminando a tentoni nel buio. Lui non la riconosce subito: si accorge che ha il profilo di suo padre solo quando gli si siede accanto.

Allora si aggrappa con le dita ai braccioli. Immagina se stesso schiodato dalla poltrona, sospinto da uno strattone al braccio che lo trascinerà per strada, in lacrime, fino a casa.

– *Chi ti ha dato il permesso di uscire da solo? Non ti azzardare mai piú a entrare in questo porcile.*

– *E chi me lo impedisce, papà? Tu?*

Stringe le spalle e si incassa nella poltrona, si porta le mani ai lati della faccia. Se potesse, cancellerebbe il resto del mondo. Soltanto i colori, le urla del film, prima di ritrovarsi nella sua stanza.

Suo padre si piega verso di lui e allunga una mano.

Giovanni sta per dire no. A qualsiasi cosa lui chieda o pretenda.

La mano gli si posa su una spalla. Ma le dita non si stringono come Giovanni si aspettava.

Papà si è portato dietro un sorriso strano. Le labbra gli tremano, e sembra respirare piano, come se avesse paura di urtare qualcosa, lí dentro: perché quello è il rifugio di Giovanni che è scappato, e lui sa che lo rovinerebbe muovendosi troppo o usando le parole sbagliate.

Gli occhi di suo padre esplorano il cinema, il soffitto della sala, tornano a seguire il film.

Tutti e due rimangono cosí, fermi, senza dire nulla.

– ... E come si salvano, se uno di quei mostri li morde? – chiede papà all'improvviso, sottovoce e indicando lo schermo. È una frase buttata lí, ma a Giovanni non importa.

Fa un respiro profondo, cerca di inghiottire il groppo di lacrime che gli ha stretto la gola, piano piano, da quando è uscito di casa. Si prepara a dire qualunque cosa possa prolungare quel momento: loro due da soli, a discutere di un film, su una zattera di luce, lontana da tutto.

– Non si salvano, papà, – risponde, con la voce che gli trema. – Si prendono il contagio. Muoiono e poi si rialzano.

– Anche quando non se la vanno a cercare?

– Quei mostri sono quasi dappertutto. Per non farsi mordere basta non andare in certi posti, quelli dove si riuniscono. E stare attenti a chi è già malato.

– Insomma, non li fermi...

– Se li colpisci dove capita si rialzano, devi spargli in testa, con quei fucili che si vedono nel film, e...

Quando Giovanni si volta per spiegargli come mai in quella storia i morti cannibali hanno invaso la terra, il suo sorriso scompare.

Lui si è già addormentato a bocca aperta, e ronfa di naso.

Con il proiettore Silma super otto quel film non è la stessa cosa: le porte si chiudono soltanto a metà sul resto del mondo. L'odore di casa si insinua, in qualche modo, si mescola a quello polveroso della ventola di raffreddamento a pieni giri. Il riquadro nasce storto, e Giovanni ha dovuto bilanciarlo mettendo zeppe di libri e fumetti sotto i piedini di gomma del proiettore; libri che ha letto e riletto – *La vita oltre la vita*, *King Kong*, *Il presagio* – fumetti che ha sfogliato e risfogliato: *Oltretomba*, *Telerompo* e *Il corriere della paura*. Gli sono rimasti solo quelli. Al negozio di giornaletti usati dove lo portava suo padre ha smesso di andarci.

Il supermercato dei morti che camminano è piú stretto, i colori piú sbiaditi, l'elicottero del finale vola verso un cielo troppo corto, che non ha tutte le sfumature dell'alba viste in sala. Tre anni prima.

Giovanni aspetta che l'ultima delle sei bobine a noleggio cominci a girare a vuoto. A quel punto, come sempre, riavvolge il rotolo finale, chiude gli occhi, rimonta la prima bobina e fa scattare la rotella di avvio del proiettore. L'immagine è piú stretta, sí, ma il sonoro rende bene.

«Uccidono per nutrirsi. Mangiano le loro vittime, mi spiego, mister Berman?»

«È l'istinto che li muove».

Suo padre o sua madre di tanto in tanto entrano, con la scusa di prendere qualcosa, e passano davanti al lenzuolo steso che fa da schermo. Oppure si fermano sulla soglia. Papà guarda l'orologio. Lo fa spesso, e quasi sempre quando si ritrova a spiare Giovanni da lí. Poi si massaggia il collo lucido dell'abbraccio che anche quel giorno si è portato a casa, e svanisce senza dire una parola. La mamma di tanto in tanto dimentica dov'è e si blocca davanti al raggio del proiettore, come un coniglio accecato dai fari, fino a quando lui le urla di venire via.

Lo trasmettono in tv verso le nove e mezza di sera, sul canale che trovi premendo il tasto numero sei. Giovanni, nella sua stanza, si mordicchia un labbro. I denti affondano in un brufolo che gli si è annidato in quei due peli che ha per barba, come li chiama suo padre.

Immagina di essere il quinto dei superstiti assediati dai morti viventi. Poi proverà a sentirsi come un cadavere che cammina, che ripete sempre gli stessi gesti, in eterno. A volte si chiede quanto tempo è passato da quel primo giorno al cinema. È già il 1984, ma gli sembra che non sia cambiato niente. Solo qualche pausa in piú tra un pensiero e un altro, di solito inutile.

Un disturbo dal salotto, dal televisore ormai vecchio che gracchia e lampeggia mentre sua madre salta per i canali: «Va ora in onda *Fiore selvaggio*, con... crshhh ... e potrete poi assistere alla decima puntata di *Principessa*, soggetto di Nenè Cascallar, adattamento di Carlos Romero...»

Vaffanc... mamma. Abbassa il volume.

«Crshhh... *Vendetta di femmina*. Il figlio di De Cisneros si reca alla fazenda per difendere...»

Un altro disturbo dalla porta della stanza: – Il ripasso per l'interrogazione di domani chi lo fa? Lo zombi di *Giorgio Romeo* o come cazzo si chiama?

Tu stai zitto, papà. Sei l'ultimo che può parlarmi di doveri.

C'è un'interruzione. La pellicola salta in piú punti. Alcuni fotogrammi li hanno tagliati quelli della tv commerciale per non far vedere il sangue. Altri per succhiartelo: spunta una ragazza che ti invita a comprare una pelliccia di visone. C'è l'anteprima del varietà ambientato in un drive-in, un comico vestito da guardia giurata si è ficcato un cuscino sotto la camicia.

Giovanni chiude gli occhi.

Qualsiasi cosa, pur di non vedere suo padre che ride alle battute di quel cabarettista e sputa pezzi masticati di cannoli della Pasticceria Francese.

Il film nella versione intera se lo ripassa a mente: ormai conosce tutte le battute, può ricostruire ogni inquadratura. La sua preferita rimane quella dell'elicottero che decolla dal tetto del supermercato affollato di morti e infine vola via, in cerca del punto piú rosso dell'alba.

Se si concentra, può anche sentire il vento che spazza quel terrazzo gigantesco, il fetore dei corpi rigidi come barili che si avventano sulle cose vive per divorarle, il carillon del grande magazzino che forse, fra un paio di mesi, apriranno anche nella sua città.

Il resto del film è tagliato: dura un'ora e mezza a malapena.

Troppa violenza, meglio il comico con il cuscino.

Lo specchio dell'ingresso, quando Giovanni esce e rientra dal liceo, riflette un volto magro.

Ci sono giorni in cui crede di sapere che cosa significa essere un morto vivente che aspetta un finale come si deve.

Quella straminchia di frase salta a metà nella videocassetta che Giovanni ha affittato, facendosi pure mezza città sul motorino di un compagno di scuola.

Numeri inarrestabili si ingarbugliano sul pannello a cristalli liquidi del videoregistratore.

«Uccidono per ...utrirsi ... angiano le loro ... ittime, mi spiego, Mr Berma... ?»

Giovanni manda affanculo quel trabiccolo che ti vizia. Quel masticanastro che ti regala un potere per niente indispensabile: andare avanti e indietro, paralizzare a piacimento l'immagine dell'elicottero dei sopravvissuti, accelerarne la fuga.

Suo padre gli si avvicina sgranocchiando un biscotto e

gli chiede se non rovinerà il videoregistratore, giocando cosí.

Avanti indietro, indietro avanti. Che gusto c'è a vedere e rivedere un film vecchio di anni?

Giovanni lo guarda, poi volta la testa per sfuggire all'alito dolciastro che da qualche tempo accompagna la voce di suo padre. Non è stato lui a volere quell'aggeggio e non gli ha nemmeno chiesto da dove è arrivato. Sapere che un videoregistratore regalato da Matteo è attaccato al televisore di Nunzio gli sembrerebbe una specie di offesa. Per questo lo maltratta.

Preme il play.

Nello schermo, l'elicottero dei sopravvissuti riprende a volteggiare sopra le campagne della Pennsylvania.

Ci vorrebbe anche qui in città un elicottero come quello, pensa Giovanni. Sopra le campagne, il centro storico con i mercati, i ristoranti senza licenza, le macchine in tripla fila perenne, il sole sempre troppo caldo, le pasticcerie degli amici... Significherebbe che il mondo è finito, e addio a tutti. Forse un giorno cosí arriverà, si dice Giovanni. Prima o poi. Meglio prima. Non gliene frega un cazzo di spegnere quelle sedici candeline sulla torta di compleanno. Gentilmente offerta dalla Pasticceria Francese.

Un elicottero scende per la decima volta dentro lo schermo del televisore. È un modello blu, non giallo e marrone come quello del film. Ha la scritta POLIZIA sulla fiancata.

Il vassoio di cartone cade dalle mani di suo padre all'ennesimo atterraggio del velivolo. I dolci toccano il tappeto dalla parte della crema.

La mamma si piega e li raccoglie. Vuole rimetterli sulla tovaglia, ma sbatte contro uno spigolo della tavola da pranzo. Un pasticcino rotola di nuovo giú. La mamma fa un passo convulso all'indietro, la pasta le si spiaccica sotto il tacco della ciabatta. Lei miagola qualcosa, poi gratta via il ripieno e la cialda a dita chiuse, lesta e senza pensieri, come farebbe un ubriaco con la merda pestata.

Ributta il pasticcino malconcio sulla guantiera. Schiaccia le altre paste per farle stare buone, appiccicate al vassoio.

Papà gira le spalle al televisore, all'elicottero e alle immagini di gente che entra dentro le auto con la sirena che gli si agitano dietro la nuca. Guarda i pasticcini: come si riassestano male lo zucchero e la crema, in una specie di morte lenta.

Torna a seguire il notiziario. La villa. La campagna. Le automobili. Sempre le stesse immagini, da ore.

Giovanni sfoga l'entusiasmo fantasticando di viaggiare sulla città. Sospeso in aria, appoggiato al finestrino dello stesso elicottero che si vede in tv, se ne sta sollevato sulle matasse di antenne in cima alle case. Legge l'ombra delle nuvole sul dorso delle proprie mani. Strizza la palpebra destra, arriccia lo zigomo, e può quasi sentire l'odore dei guanti di pelle di chi pilota l'elicottero. Si inventa una colonna sonora. Forse è la cavalcata delle Valchirie, ma azzoppata dai tamburi del film con i morti viventi. È dentro la scena, ci mette del suo.

Le immagini, i suoni, si spezzano sbattendo contro quelli del telegiornale che mostra solo l'ultima parte di quanto è successo.

– Non può essere, – dice papà, e la sua voce arriva amplificata, come dopo un risveglio brusco.

Cambia canale. Guarda e riguarda le varie edizioni del notiziario. 1986: autunno, e non inverno di non si sa quando, come in quel film.

La mamma tira via dalla tavola la caraffa del vino. Batte un piede per scaricare il nervoso. Scruta papà, che è un manichino pallido. Raccoglie i piatti a casaccio. Papà la segue con gli occhi, ma senza vederla. Qualcuno gli ha disegnato linee scure attorno alla bocca e sulla fronte. Muove le mani nel nulla, plasmando qualcosa che continua a sfuggirgli. Stuzzica il bordo della guantiera dei dolci.

– E ora... – dice, tra i denti, a se stesso.

Non è una domanda. È solo questo, senza punti interrogativi né esclamativi.

Un «e ora...» – sospeso e spento.

La mamma sta per ribattere. Papà la raggela con una zampata nell'aria. Resta soltanto la sua, di voce. E quella del telegiornale che non dice nulla che loro non sappiano già.

E ora?

All'infinito.

L'elicottero della polizia è una zanzara golosa. Prende tempo, prima di affondare nel sangue dei dodici amici a tavola che si erano riuniti in una villa fuori città. Punta il muso verso il basso: è ancora sopra il gran cantiere della circonvallazione. Aspira l'odore di cemento, di ferro arrugginito, degli scarponi degli operai che scalciano stronzi di cane dalle dune di ghiaia.

Poi s'impenna, come se quegli odori e quelle polveri fossero droga, superbenzina che ti fa schizzare a destinazione con il suono delle trombe.

La radio di bordo gracchia di continuo:

«Controllare che nessuno esca dalla villa. Controllare che nessuno sfugga al blitz».

– Troviamo un altro telegiornale, – mormora papà. Pesta sul telecomando, lo brandisce e lo spinge in avanti, sembra che voglia sparare.

– Un altro telegiornale, – ansima, e lo trova.

Matteo Scavone lo hanno trascinato fuori per ultimo. È il piú elegante, le grandi mani che non tremano. È l'unico, tra quelli che hanno arrestato al summit, che non si nasconde la faccia con i polsi intrappolati nelle manette.

Giovanni trattiene a stento un applauso. Suo padre non capirebbe.

Matteo cammina verso la macchina della polizia con il mento in su, inseguito da una telecamera che barcolla. Il sole gli sbatte sugli occhiali da vista e sembra cancellargli le pupille per tutta la strada che lo separa dalla volante. Solo quando sta per entrare nell'automobile perde quel passo sicuro. È come se mancasse il predellino di un treno, come se mettesse il piede in fallo o si accorgesse all'improvviso che ci sono la luce, l'elicottero, gli uomini armati e in passamontagna che lo circondano. Allora vacilla, e gli si svela lo sguardo, ma solo per un attimo. È lo stesso sguardo di papà, che in quel momento vede trent'anni della sua vita in città che lo spiano dalla fossa.

Quando Giovanni si volta di nuovo, suo padre sta masticando.

È l'istinto che lo muove.

Mi spiego, Mr Berman?

Ho visto molta gente morsa dagli zombi. Nessuno è mai sopravvissuto piú di...

Dal vassoio manca il pasticcino pestato dalla mamma.

– In quarantena. Oppure braccati. O tutte e due le cose.

– E ricomincia...

– Affacciati, papà. Li conosci tutti. Vorrei almeno sapere da che parte sta quello che è qui sotto, visto che ormai passa la giornata con noi.

– Non c'è nessuno, là fuori.

– L'ho visto io, con i miei occhi. Io, non la mamma. E ti sto facendo il piacere di informarti.

Scende nei dettagli. Una macchina fotografica che appare e scompare dentro un giubbotto. Una moto che serve a seguire qualcuno senza perdere tempo nel traffico.

Sente ancora la voce di suo padre che risponde. Pigra, stanca, senza increspature.

– Minchiate che vedi nei film, Giovanni.
– No, non sono minchiate. Bene che vada è la polizia.
– Ho parlato fino a ieri con il magistrato. Non c'è niente contro di me. Documenti inutili della Procura. Infamie.
– E allora perché indagano ancora?
– Per rubare soldi allo Stato. Io non ho fatto...
– ... niente. La so a memoria, la poesia. Però alla Pasticceria Francese hai smesso di andarci.
– Decido io dove andare e quando. Magari non ci rimetto piede per il resto della vita.
– È piú facile negare che ammettere, vero?
– Cioè?
– Lascia perdere, papà. Facciamo finta di credere che in tutti questi anni sei andato a letto presto.
– Bella frase. Cose che senti nei film.
Suo padre torna nella penombra dalla quale era emerso. La poltrona, il taglio di luce del balcone che gli fa brillare il grigio sulle tempie.
– Ho smesso di crederti, papà.
– Che vuoi dire?
– Che quelli come te non ci restano a casa, a meno che non sono costretti a farlo. Quelli come te tornano sempre negli stessi posti.
Giovanni si riavvicina al balcone. – Eccolo, quel tizio. Si è spostato. Ti alzi o no?
– Descrivimelo.
C'è troppo sole. Troppa gente che va e viene. Giovanni si passa una mano sulla fronte. – Che cambia? – sbotta. – C'è un estraneo che se ne sta di guardia sotto casa nostra. Ti costa tanto dirmi se viene dalla Questura o l'ha mandato qualcun altr...
Si blocca.
Suo padre non lo sta guardando. Forse non sta nemmeno ascoltando. – Appostamento... – mormora poi. – Sí, non è da escludere. Figurati. Sarà uno dei piú cretini della Mobile. Magliocco, Pirajno o Cappellani.

Muove le labbra anche Giovanni, senza accorgersene, risillabando quei cognomi.

Suo padre solleva una mano. – Chiudi quel balcone.

Giovanni si volta: – No. Ora che mi hai dato la conferma, alzati.

– Non ne vale la pena. Chiudi.

Giovanni obbedisce a denti stretti. – Finché non lo vedi non esiste, giusto, – dice poi. – La tua solita filosofia di vita –. Guarda ancora fuori, attraverso gli scuri. – Cazzo. Forse se n'è andato.

– O non è mai arrivato.

Suo padre si è tolto la maglietta e ora se ne sta a petto nudo per il caldo, la mano dentro una scatola di biscotti in bilico sul bracciolo.

– C'era, ti dico. Hai paura di scoprire che ho ragione?

La risposta è una mezza risata: – Paura! Ma chi?

– Tu.

– Va bene. Affacciamoci.

Papà si alza. Giovanni ascolta i suoi passi: da qualche tempo il suono dei mocassini ha lasciato il posto a quello ovattato delle ciabatte. Lo vede avvicinarsi: mugugna come se stesse raccontando una barzelletta all'orecchio di qualcuno. Le parole s'impastano con il suono di biscotti masticati.

A Giovanni arrivano pezzi di vita che ha già sentito.

Gli faccio vedere io chi è Vetro Vincenzo, a questi qua, Cappellani, Magliocco, Pirajno o chi cazzo sono loro. Paura chi? Chi mi denuncia, tu, voi, questi?

Giovanni spalanca le imposte e suo padre si piazza davanti al rettangolo di sole che esplode dentro la stanza. In quell'attimo, una moto si infila nel vicolo. La cavalca un tizio con un giubbotto di pelle. Forse ha visto la finestra riaprirsi, perché decide di non fermarsi, e accelera. Poi frena al limite della strada, si volta e guarda ancora.

– E va bene. Uno c'è, – ammette papà. – Che ti dicevo? Proprio Roberto Pirajno, il piú cretino dei cretini della Mobile.

Adesso Giovanni lo vede meglio. Camperos che premono sul cambio a pedale. Braccia e gambe che tengono a bada la moto come fosse un cavallo da domare. – Non mi sembra per niente cretino, – ribatte a suo padre, sporgendosi dal balcone.

– Ora uno è scaltro perché si mette gli stivali da *caubboi*? Spostati, che sei piú fesso di lui –. La voce di papà è coperta dal frastuono di una moto che accelera.

– Ha fatto il giro e sta tornando, velocissimo, – comunica Giovanni, ammirato.

– Questo aspettavo. Levati.

Suo padre si fa gobbo, prende fiato e gonfia il petto.

– No! Che combini? – Giovanni vorrebbe fermarlo, ma deve combattere con una risata che all'improvviso gli sale su per la gola. Suo padre si affaccia al balcone, batte i talloni, la schiena gli si raddrizza e il mento scatta verso l'alto, tendendogli corde sottili nel collo. Un ghigno gli solleva gli zigomi, sotto le ciocche dei capelli che ha avuto il tempo di farsi crescere, da quando ha smesso di andare al lavoro.

– Collega poliziotto fotografo Pirajno Roberto fu Michele! – latra, afferrandosi la patta del pigiama. – Fermati! Dove scappi? Guarda qua! Questa è la minchia di un mezzo indiziato. Piena di sostanza, di pesce, di dolci che mi hanno regalato gli amici degli amici! Fotografa e portala in tribunale! Corri! Vai!

Giovanni decide che non ce la fa. Scoppia a ridere. Anche se l'uomo, là sotto, è scomparso davvero. Come se non ci fosse mai stato.

Lo sghignazzo di suo padre si spegne non appena chiude il balcone e torna a infossarsi nella poltrona.

La febbre del contagio dei morti vivi fa cosí: si infiamma di colpo e poi si spegne.

Di sera tardi suo padre è ancora lí, sulla poltrona. Lo spavaldo che si è massaggiato l'uccello al balcone è sprofondato tra i cuscini.

Al suo posto, dietro la porta socchiusa, c'è un uomo invecchiato che aggrotta la fronte nella luce dell'abat-jour. Pagine battute a macchina gli si specchiano negli occhiali. Sembra un ragioniere in malafede, angosciato per i conti che non tornano.

Legge e rilegge i fogli di carta velina firmati dal magistrato. Li fa frusciare nel silenzio e parla piano a se stesso, ancora convinto che qualcosa non giri per il verso giusto, in quelle carte. Qualcuno deve avergli promesso che il contenuto sarebbe cambiato, prima o poi, di notte, come per magia.

Giovanni si muove, spinge la porta. I cardini cigolano.

Papà solleva la testa e lo guarda. Trattiene un ghigno che potrebbe essere di sorpresa o di imbarazzo. Lo trasforma in una smorfia di scetticismo. Si sfila gli occhiali e posa le carte piene di ditate: di varie dimensioni, nota Giovanni. Le impronte di papà, grosse, umide di sudore, e altre piú lievi o piú marcate, le impronte distratte o spazientite delle decine di impiegati del tribunale che hanno visto l'indiziato vice-sovrintendente Vetro presentarsi ogni mattina, puntuale, in cerca di spiegazioni già scritte, di scorciatoie che non esistono.

Uno dei fogli è strappato sul bordo. Fuori dal palazzo di giustizia papà deve aver pensato anche a quella soluzione: mangiarseli. I suoi pensieri devono aver echeggiato come la voce fuori campo di un film.

Ci deve essere un modo. Che minchia vogliono da me? Che ho fatto di male? I tempi erano quelli che erano.

Papà liscia i fogli, li riordina, allunga un braccio verso il tavolino del salotto. Prende la sveglia e la regola sulle sei. Quella sveglia lo seguirà a letto, o resterà lí se lui, come fa da qualche tempo, deciderà di addormentarsi sulla poltrona.

Domani si ricomincia, all'alba.

Giovanni lo vedrà uscire con il suo completo grigio, quello elegante che ormai gli sta troppo largo, lo immaginerà mentre si arrampica sulle scale del palazzo di giustizia, avanti, indietro, su, giú, il passo lesto e la schiena curva di un italiano qualunque messo alle strette dalla legge, in cerca di chi ha deciso all'improvviso di cambiargli le regole del gioco. Poi, di pomeriggio: affacciato al balcone, in bilico sulla città. Non troppo dentro e non troppo fuori: gli occhi a fessura di chi sta cercando di trovare un sistema per tornare a camminarci in mezzo a modo suo.

Papà si rimette gli occhiali. Gli fa segno di avvicinarsi. Batte sul bracciolo della poltrona: *siediti qui*.

Giovanni gli si piazza accanto. Evita con lo sguardo la scatola ormai vuota dei biscotti che ha accompagnato la lettura del mandato di comparizione e della temporanea sospensione dal servizio.

Potrebbero abbracciarsi, a quell'ora della notte. Basterebbe poco. Raccontarsi che l'umiliazione prima o poi passa, cosí come il problema dello stipendio dimezzato e l'accusa di essere uno che ha scrollato le spalle troppo spesso. Che l'importante è capire come è successo, perché è successo, e imparare a non inciampare nelle stesse buche.

Ma ci si abbraccia solo nei film, pensa Giovanni. Qui non si parla, non ci si tocca. Si resta sempre sul punto di farlo.

La sveglia spezzetta quel momento di indecisione con il tic-tac delle lancette, forbici che tagliano.

– Non so piú niente di quello che succede in Questura, – sospira a un certo punto suo padre. Fissa la televisione spenta. – È questo il guaio.

E alla fine gli ha lasciato intendere che non era un capriccio. Non l'ha ammesso, ma si vede che non resiste piú.

– È da una vita che non ci facciamo quattro passi.

Giovanni ha annuito.

Papà ne ha bisogno, dopo tanto tempo. E gli ha chiesto di andare con lui. Tutto come una volta, altrimenti non fa effetto e non calma.

La mamma ancora dormiva. Suo padre si è levato le ciabatte e il pigiama senza far rumore. S'è messo una camicia pulita. Ha seguito tutto il rituale. Le mani gli tremavano: ha dovuto combattere per infilare i bottoni dentro le asole. I vestiti gli vanno sempre piú larghi. Le ante dell'armadio si sono spalancate due, tre volte. Tra un'apertura e l'altra, lunghe pause di silenzio, a testa bassa, seduto sul letto. L'aroma del dopobarba che bagna la casa. Alla fine, le dita scure di suo padre sono scivolate sulle giacche appese e ne hanno scelta una. Senza convinzione.

Giovanni lo ha spiato dallo spiraglio della porta. Ha visto un'ombra dannata che si muoveva lenta, una sagoma sott'acqua.

La giacca si è afflosciata sulle spalle, poi c'è stata una bestemmia, la stoffa si è ritratta come pelle morta, si è sgonfiata sul letto. Al suo posto papà ha deciso di indossare il giubbotto di camoscio. Si è guardato allo specchio della stanza da letto, ha gonfiato il torace, ha visto un uomo con le gambe troppo secche e il volto scavato, si è cambiato di nuovo.

Quando la porta si è spalancata, è apparso sulla soglia in abito chiaro. Con una patacca d'unto su una manica.

– Ci torniamo solo per oggi. Non si può sparire cosí, – ha detto.

Poi sono usciti e la Centoventiquattro è partita. Giovanni ha subito riconosciuto, con un po' di nausea, le buche sulle quali non bisognava mai ripassare. Papà ha attaccato a fischiettare la canzone di quando era piú giovane e lui bambino. È lo stesso zufolio che si interrompeva solo davanti ai negozi degli amici. Per un istante sono ritornati anche gli odori. Quello dei dolci freschi mescolato al tanfo caldo dell'auto. L'aroma del pesce, del pane. Quello inchiostrato dei soldi accartocciati in tasca, di fretta.

Giovanni ha visto una moto nel retrovisore, ma forse è stata solo un'impressione.

Dopo, fischio e canzone si sono spenti insieme alla frenata.

– Ma che è 'sta storia? Doveva esserci un suo parente, – ha mormorato papà guardando la saracinesca. – Mi hanno fatto sapere cosí.

È sceso dall'auto. Il vento ha rimescolato gli odori dell'abitacolo, lo sportello si è richiuso, le folate hanno avvolto papà spingendolo fino al cartello «Vendesi» appeso alla vetrina. Si è piazzato lí davanti, il vetro aveva spaccature simili a un centrino all'uncinetto. Colpi di pietra o di bastone.

Il vento ha giocato con i lembi della giacca di papà, con la sua sagoma immobile, di spalle.

Lui è tornato in macchina.

– Doveva esserci un parente, – ha ripetuto. – Qui. O al bar tabacchi.

Dove erano già stati.

Suo padre ha girato la chiave con un gesto secco.

Si sono allontanati dall'ex negozio di stoffe di Matteo Scavone.

E adesso sono ancora una volta davanti alla Pasticceria Francese.

La pasticceria è rimasta aperta, anche senza Matteo. Ci hanno aggiunto fiori, fiori veri dentro i vasi e fiori finti disegnati sulla parete dietro il bancone. Le poltrone per chi vuole leggere il giornale sono ancora dov'erano.

Suo padre guarda la vetrina affollata di corolle a smalto, la gente che ci sta dietro. Tiene una mano sul finestrino impolverato, poi la passa sopra il vetro per vedere meglio.

Di tizi dell'età di Matteo Scavone là dentro ce ne sono pochi. Il barista è cambiato. Nell'angolo dove Matteo, in un passato che ormai sembra distante secoli, aveva spazzato le tracce del passaggio di Terry Lonardo con la punta della scarpa, adesso c'è un tipo con una giacca verde. Avrà non piú di quarant'anni e sta leggendo una rivista con un motoscafo in copertina. Solleva un mignolo all'indirizzo del nuovo barista per comunicargli che vuole metà razione di qualcosa da bere. Poi, con la stessa mano, si ravvia i capelli lunghi sulla nuca.

Papà socchiude le palpebre.

– Eccolo... No. Mi pare...

Non ha il coraggio di confessare a se stesso che non è per la polvere portata dal vento che vede sagome confuse, da qualche tempo. Non metterà mai gli occhiali, l'ha detto chiaro e tondo. Tanto il diabete gli occhi se li mangia lo stesso, prima o poi. Aggrotta la fronte e di quelle ombre distanti cerca di cogliere i tratti, i movimenti.

– Facce nuove, – sbuffa poi. La sua voce sembra sprofondare dentro un pozzo. D'improvviso risale: – Dai una guardata tu. Mi bruciano gli occhi con tutta questa polvere. Dimmi se vedi uno che somiglia a Matteo.

Giovanni si affossa nel sedile: – Come faccio a distinguere? Gli somigliano tutti. Cambiano età e vestiti, ma hanno tutti lo stesso modo di fare di merda.

Papà non ascolta, ha già sollevato un braccio, ha agitato la mano in segno di saluto. Qualcuno, dalla pasticceria, ha risposto con un cenno. Proprio quel tipo con la giacca verde.

Lo sportello della Centoventiquattro si apre e si richiude.

Mentre cerca di attraversare la strada, guardandosi intorno, facendo un passo indietro e due in avanti, schermandosi gli occhi con una mano, come se alla pasticceria avessero cambiato le porte e lui dovesse indovinarle, papà sembra sempre piú vecchio. E piú testardo. E piú malato.

Ora piú che mai agisce per istinto.

Poco dopo, ricade sul sedile a pugni chiusi. Accompagna quel movimento con un soffio dell'alito che si è fatto sempre piú zuccherino, specialmente quando si emoziona.

– Lasciamo perdere, – mormora.

Lo hanno visto tutti e due il gesto che ha fatto l'uomo in giacca verde mentre papà si allontanava. Una stretta di dita all'altezza dei coglioni.

– Oggi era di malumore, – insiste suo padre. – Ma se torno si mette a disposizione. Figurati se non lo fa, un parente di Matteo. Ci offre tutta la pasticceria, se torno –. Mentre scandisce quelle parole fa di sí con la testa, a scatti decisi, come per piantarle nel silenzio e farcele restare. Giovanni non fiata e segue quelle sillabe invisibili, conficcate nel nulla, che fanno a pugni con l'unica verità di cui papà si è accorto negli ultimi giorni.

Non so piú niente di quello che succede in Questura. È questo il problema.

– Andiamocene da qui, – dice Giovanni dopo un poco.

– No, aspettiamo.

– Non gli servi piú, papà.

Suo padre ha un sussulto. Abbassa il capo, si aggrappa allo sterzo, fissa la strada immobile, la danza di cose sporche e vuote che il vento ha portato fin lí.

– Hai detto bene, sei fuori dal servizio. E per quelli adesso porti solo problemi.

Qualcuno attraversa, saluta in direzione della pasticceria. L'uomo con la giacca verde stavolta allarga le braccia, si dirige verso l'uscita per andare incontro al nuovo venuto. La mano stringe un'altra mano. Non corre al bassoventre, non strizza le palle per scaramanzia o per disprezzo.

– Andiamocene, papà.

– E dove? – sbotta lui. Poi guarda ancora dritto davanti a sé, le braccia tese sul volante, le nocche che diventano bianche a forza di stringere. È come un bambino che gioca a immaginare un viaggio in macchina. – E dove, Giovanni, – ripete. – Dove cazzo vado, io?

La Pasticceria Linda, invece, è un locale piccolo, senza smalti né marmi. Si è fatta trovare per caso, mentre svoltavano un angolo: la Centoventiquattro si è specchiata nell'unica vetrina. Giovanni ha detto: – Fermati qui –. Papà lo ha guardato storto, ma gli ha dato retta. Piú per stanchezza che per convinzione.

La banconista è una ragazzina. Forse l'ha appeso lei il poster di Bruce Springsteen che alza il pugno sopra la porta del laboratorio. Sotto, un calendario che chiede una moneta per i bambini dell'Africa. Dappertutto, odore di vernice fresca e di zucchero vanigliato. Il registratore di cassa trilla, ci sono tre clienti in fila. La cassiera deve essere la madre della ragazzina. Hanno lo stesso modo di rivolgersi a chi entra: un sorriso affrettato, non per maleducazione, ma perché c'è tanto da fare.

Papà è entrato, però guarda di continuo verso la porta. Dice tra i denti che il gioco è bello quando dura poco.

– Non è un gioco, – taglia corto Giovanni.

Cassiera e banconista salutano.

Giovanni risponde, suo padre alza la mano, distratto.

– Che vuoi dimostrare? – domanda sottovoce.

– Che i dolci li fanno buoni anche in un posto come questo, papà.

La signora alla cassa chiede scusa a chi aspetta: – Alle forniture ci devo pensare io, – dice. Lascia lo sgabello. Ha indosso pantaloni leggerissimi e un giacchetto di pelle. Sparisce nel laboratorio, torna con le braccia cariche di espositori di caramelle da sistemare accanto alla cassa. Ne consiglia alcune alla breve coda di clienti.

Dalla porta del laboratorio si intravedono due ragazzi dentro una nuvola di farina. Si somigliano anche loro, e somigliano alla cassiera e alla banconista. Uno dei due si muove veloce, sposta scodelle lucenti. Si gira verso l'ingresso, intanto che versa tuorli d'uovo dentro un'impastatrice. L'altro taglia strisce di canditi e mugola accompagnando una canzone che filtra dalla radio accesa a basso volume.

Entrando, papà si è guardato intorno. La prima cosa che ha notato è che c'era da aspettare. Ha smaniato, ma vedere la signora in calzoni trasparenti che traballava con il carico di caramelle gli ha dato una mano a rilassarsi. Adesso sta sciogliendosi, pian piano. Giovanni farebbe qualsiasi cosa, purché il travaso riesca: loro due, la prima volta, in un posto che non sia la Pasticceria Francese.

– I cannoli li abbiamo riempiti adesso, – avverte la ragazzina al banco.

Papà si volta verso di lei. Vede i dolci, allunga una mano. La ricotta va assaggiata.

– Aspetti, la servo io, – lo anticipa la ragazzina, prima che lui ficchi un dito nella crema.

– Perché? Le mani ce le ho pulite.

La banconista sorride a Giovanni.

– Qui i dolci non si possono toccare con le mani, papà.

– La servo io, – insiste la ragazza.

– Non compro la gatta nel sacco, – si ribella papà. Poi chiede chi fa i dolci, e come. La ricotta dove la prendono? La ragazza dice il nome del fornitore.

– E chi cazzo lo conosce?

– Come ha detto, signore?

– Niente, lascia stare. Che avete a base di cioccolato?

Papà inarca le narici, fa scivolare una mano sulla teca dei dolci, raggiunge l'estremità della vetrina, torna indietro.

Giovanni ha l'impressione che annusi in giro. L'ambiente. Le facce.

Lo sguardo di suo padre si ferma sulla licenza appesa sopra la cassa, infilata in una busta di plastica nuova di zecca.

– Lopez Linda, – legge. – Parenti dello zio Ciccio Lopez? – chiede alla banconista.

– Chi?

– Vabbè, niente. Gli sciú come sono?

La ragazza, frastornata, fa l'occhiolino a papà, indica i bignè con la glassa colorata in cima, spinge il vetro scorrevole della teca dei dolci.
– Avanti, ne provi uno. Poi mi dirà, – interviene la donna della cassa.
– Ah, sono una delizia, – si intromette un cliente che sta pagando.
– Fammi una guantiera mista, – dice papà senza entusiasmo alla ragazza. Quasi soffia le parole, sta sopportando un peso. Guarda Giovanni.
Va bene cosí?
Va bene, papà.
– Abbiamo aperto da poco, – spiega la commessa.
La sua mano vaga sul bancone muovendo la pinza da dolci, come se dovesse ripassare il modo giusto di prendere le paste. Ride.
– Non so ancora come si fa qui... le rompo sempre.
Uno dei due ragazzi dentro il laboratorio solleva di nuovo la testa. Scruta ancora oltre la spalla di Giovanni, verso la strada. Sgrana gli occhi, e poi li strizza.
– Che guardi? Pensa a lavorare, – dice la donna alla cassa, mentre dà il resto a uno dei clienti.
La ragazza riesce a mettere i bignè sul vassoio. Non in ordine, come saprebbe sistemarli il barista della Pasticceria Francese, con l'assetto delle pedine su una scacchiera. A lei tremano le mani. Ma va bene cosí. – E sta' fermo, – scherza, rivolta a un pasticcino che continua a rotolare fuori.
Il profumo è buono.
– Buono, vero? – dice Giovanni.
Vorrebbe non mettere troppa ansia nella voce, ma ha aspettato di fargli quella domanda da quando sono entrati lí.
– È-buono-sí! – fa eco la ragazza. – Vedrà che domani ritornate.
– Vero, papà? – insiste Giovanni.
La ragazza si lascia andare a una risata piú forte.
Papà solleva lo sguardo da un pensiero nel quale deve

essersi perso. Lo porta in giro per la piccola pasticceria sguarnita. Regala alla banconista un'espressione indecifrabile. Prende l'involto e gira i tacchi verso l'uscita.

Giovanni lo afferra per un braccio.

– Dove vai? La cassa è dall'altra parte, – dice sottovoce.

– Ah, già. Qui si paga, – gli fa lui con un sorriso sarcastico.

Va dritto alla cassa, stavolta. Ci sono due donne, prima. Le oltrepassa senza guardarle.

– Rispettare il turno, per cortesia, – lo riprende la proprietaria.

– Pure, – bofonchia papà.

Alla fine ce la fanno, coda e tutto. Pagano. Papà ha il suo pacchetto avvolto alla buona, si avvia alla porta, sbatte contro un avventore che sta per entrare, lo guarda male.

– Hai visto quanti clienti? – azzarda Giovanni in macchina.

– Uhm-uhm.

– Abbiamo fatto subito.

– Uhm-uhm.

– E pagato poco.

– Uhm-uhm.

– Andiamo?

– Uhm-uhm.

Suo padre avvia la Centoventiquattro.

– Una cosa non ho capito, – dice a un certo punto.

– Che cosa, papà?

– Che minchia aveva da ridere quella buttanella dietro il bancone. Con chi credeva di avere a che fare?

– Dici cosí. Invece ci torni. Dai che ci torni. Domani ti trovo là.

Giovanni accompagna quelle parole con una pacca cauta su un braccio di suo padre. Attende una reazione, e intanto a ogni frase fa un guizzo all'indietro, da cane che ha morso per gioco. Non sapendo se ridere, si ritrae verso lo schienale della sdraio.

Suo padre mastica briciole residue di contegno. Le labbra gli si sollevano, gli si abbassano, sta per sorridere, e poi no. Ecco come funziona, pensa Giovanni, ha bisogno di essere tirato dentro. Di nuovo. In continuazione. Dentro la vita.

– T'ho visto, papà.

– Finiscila. Che hai visto? – Gli si alzano le sopracciglia. Vorrebbe. Non vorrebbe continuare.

– Che stamattina l'occhio ti cadeva sempre in un punto. Su, ammettilo.

Gli angoli della bocca di suo padre si inarcano di nuovo: come se gli fosse impossibile tenerli a bada.

Forse è fatta, esulta Giovanni. Forse si riparte da zero. Rivive la scena della Pasticceria Linda. Rapida, all'indietro, come una pellicola. È stato bello, non può bruciarla perdendo tempo. Deve insistere, riportare suo padre lí, con la mente.

– Domani mattina sei là. Ad aprire la saracinesca con la signora della cassa.

– Minchiate.

– Scommettiamo?

– La saracinesca no. La cerniera, semmai.

– Dalla madre o dalla figlia?

È andata avanti cosí da quando hanno deciso di prendere il fresco in terrazza. Sussurrando, trattenendo le risate. Come si fa tra uomini.

– Disgraziato! Fatti sentire da tua mamma. A proposito, che combina?

– Sta versando lacrime per la telenovela e gocce nel bicchiere.

– Gliene mettiamo un poco in un boccale di birra?

– Per carità. Comincerebbe a parlare con il barone De Cisneros.

Altre risate trattenute. Sospiro di resa di suo padre.
– La madre o la figlia? Se devo fare una fesseria, preferisco con la madre, quella alla cassa. Bella cavalla da letto.

Le risate esplodono, finalmente.

Quella roca, soffiata, di suo padre. Quella spezzettata di Giovanni.

Sopra di loro, il fruscio di piccole cose vive che si muovono nel pergolato. Papà l'ha intrecciato a una reticella con quattro sostegni, in un'estate che non si respirava. Matteo Scavone in quei pochi giorni era fuori per lavoro. E papà cosí si era dato a cesoie e filo di ferro.

Giovanni rovescia la testa verso l'alto.

Attraverso quelle foglie si vede un pezzetto di cielo cucito su una corona di palazzine piú alte. Sembra di scivolarci sopra, il terrazzo è una zattera.

– Parli tu, Giovanni, che ti piaceva la ragazzina.

– No.

– Sei figlio di tuo padre. Dillo che ci hai fatto un pensiero.

– Sí, per come rideva.

– Buttanella che è.

– Lo so io come la farei ridere.

Giovanni si piega in due.

Sghignazza piú di quanto gli dettino lo stomaco e la gola. Per esagerare, per stordire quel momento, perché non scivoli via. Ride perché suo padre continui a cullarsi sulla sdraio battendo le mani sulle ginocchia e dimentichi quante birre ha già bevuto, perché l'ha fatto e quante ne ha ingoiate lui.

– «Assaggiii... Poi mi diràah» –. Papà dondola la testa sul collo, spinge in fuori le labbra: sta imitando la pasticciera.

Giovanni prova una fitta di compassione. Sa che la donna alla cassa non lo guarderebbe nemmeno. Soffoca quel sentimento con una complicità a buon mercato.

– Per un panettone come quello, uno fa cinque, dieci

file al bancone, papà –. Beve un sorso veloce di birra. È il momento di dar forza alla voce. – Uno paga il triplo del prezzo dei dolci. Uno si dimentica i guai. Un culo cosí resuscita i morti. Altro che… altro che quei becchini della Pasticceria Francese.

L'ha detto.

Il silenzio che segue è il piú insostenibile di tutti quelli che Giovanni ha sentito in vita sua.

Papà che corruga la fronte, quasi l'avessero toccato in faccia e stesse cercando di capire se è stato un pugno o un buffetto scherzoso.

Un geco striscia sul muro, a scatti fruscianti, come se volesse divorare quei secondi senza voce.

Giovanni tira un sospiro di sollievo quando sente la risata di suo padre.

Adesso anche lui guarda il pezzo di cielo che trapela dalle viti spelacchiate, tra il fil di ferro mangiato dalla ruggine. – Prendimi i dolci di quelle due belle femmine, – conclude papà. – Ho voglia di cose fresche.

La prima immagine che Giovanni vede dalla sua stanza, scattando su dal letto e spalancando gli occhi, è la luce del bagno accesa e che non sta ferma. Qualcuno ci si muove dentro e sta massacrando l'allegria di poche ore prima. Giovanni scruta la luce, l'effetto è quello che farebbe una lampadina appesa su una gabbia in cui si agita un animale ferito. Da quella lotta di ombre arrivano anche il raschiare di gola, i colpi di tosse.

Giovanni trattiene il fiato, stringe le dita. Gli sembra quasi di vederla, la serata appena trascorsa che gli scivola via, ridotta in roba inutile. Il battito del cuore gli tambureggia fin dentro i timpani, deve rallentarlo.

Ascolta in silenzio la musica secca di suo padre che cerca di liberarsi la gola. I tonfi dei pugni sferrati a casaccio: manate sulla stoffa e sulla pelle, contro la cassetta dello scarico. Suo padre che si percuote una gamba. Suo padre che cerca spazio in una stanza che deve sembrargli troppo piccola.

È un rumore forte, di petto, come di un ingranaggio che trita e spinge per sputare un pezzo di pietra. Non sembra nemmeno che venga da un uomo.

Giovanni chiude gli occhi: frena le immagini che gli si ammassano nella mente. Una di piú e si ritroverebbe a scatarrare e vomitare anche lui. Avanza, sussultando ai rantoli di suo padre. Si ferma sulla soglia del bagno. Una mano si muove per spingere la porta, ma il braccio gli si blocca a metà strada.

Spera ancora che lui non lo dica.

– Quelle due troie del bar non-so-di-chi-e-come-cazzo-si-chiama! – Un colpo di tosse. – Sorridendo, boccuccia di miele, gne-gne-gne, mi hanno venduto veleno! Veleno!

L'ha detto. Giovanni serra le mascelle.

– Ecco che succede quando non sei piú nessuno, – continua suo padre. – Ecco che ti fanno mangiare quando non conosci nessuno. Veleno, come uno stronzo qualsiasi. È contento, mio figlio, adesso?

C'è anche la mamma, in bagno. Si piega addosso a papà con energia, nonostante il brusco risveglio. Si guadagna una manata in faccia, non ci bada. Con un pezzo di carta igienica pulisce la punta delle dita che lui ha usato per solleticarsi la gola. Con caparbietà.

Suo padre rigurgita un fiotto violento con un suono che è quasi un urlo.

Sul volto di sua madre a Giovanni sembra di leggere una piccola festa maligna, che lui vorrebbe finita subito. Per sempre.

Sulla guantiera dei dolci è rimasto un solo pasticcino.

Giovanni, seduto sul letto, se lo rigira tra le dita. E ripensa alla signora della pasticceria che sposta pesi ridendo. Alla ragazza che non sa fare il nodo all'involto. A quei corpi estranei nella vita di suo padre.

Si avvicina il bignè alla bocca dicendo a se stesso, sottovoce, che deve mangiarlo. Senza annusarlo. Senza dubitare.

Perché non sono stati i dolci a far stare male suo padre.

Sono state le sue budella, il suo sangue.

La sua testa. *Il contagio*. L'antidoto che non funzionerà mai.

Giovanni è l'unico, nella confusione di quella notte, che sente il telefono squillare. È l'unico che può rispondere, stavolta.

Sono le tre.

– Ora che quello è morto, Vincenzo Vetro non torna piú, – dice una voce di uomo giovane al telefono. Non c'è tempo di stupirsi e nemmeno di reagire.

Nella mente di Giovanni arriva una sola immagine, veloce, dritta e aguzza: Matteo con le manette. Arrestato. Non *morto*. E allora?

Dall'altro capo riattaccano, prima che lui dica «pronto».

Giovanni studia suo padre mentre si prepara per uscire una mattina che sta per piovere, dopo due giorni di mal di stomaco e silenzio. Si rade di fretta e dimentica un pezzo di barba sotto il mento. Va in camera da letto, gonfia il torace davanti allo specchio dell'armadio e si tira i polsini della camicia per eliminare le pieghe delle maniche. Si sposta verso l'appendiabiti, prende il giubbotto.

In piedi sulla porta dell'ingresso, poi, sussurra nomi, progetti confusi, modi impacciati di ripresentarsi a qualcuno.

– Eccomi, – lo sente mormorare. – Lo so che ho sbagliato. No... Eccomi. C'era un motivo se io... Ma *ora* le cose possono cambiare.

Ora che quello è morto?, aggiunge Giovanni mentalmente.

Gli occhi di suo padre si velano. Smette di borbottare di colpo e lancia uno sguardo allarmato verso la stanza di Giovanni, che si rimette a letto in quel momento, già vestito da quando l'ha sentito trafficare in bagno.

Il suono della porta che si chiude.

Giovanni apre la finestra della sua stanza e guarda fuori. Respira a fondo, aspetta che suo padre sbuchi dal portone e svolti l'angolo. Attende che sgambi fino all'imbocco della strada, che metta da parte i sospetti. Poi si muoverà.

– Adesso.

Quasi non riesce a staccare lo sguardo dalla finestra, da papà che agita le braccia per dare maggiore spinta all'andatura; come se le sue gambe si prendessero una rivalsa sull'automobile che ha deciso di non partire piú e che è rimasta sul bordo del marciapiedi, inclinata da una parte a schiacciare le gomme del lato guida.

Suo padre ora sembra uno che sta andando a pregare o ad ammazzare. Per un istante, Giovanni desidera che sparisca. In qualche modo. Non necessariamente il peggiore.

Va di corsa verso la porta. Scende l'ultima fila di gradini a due a due e schizza dal portone, in tempo per ritrovare suo padre qualche centinaio di metri piú in là: nonostante la foga, non riesce a camminare troppo veloce. Da piccolo, Giovanni ha immaginato decine di finali da film per dare un senso alla scena che sta vivendo adesso. Lui che lo raggiunge e lo strappa via dagli amici-morti-viventi che masticano destini e bignè: lo tira per una mano, come si fa con i bambini. Loro due che si abbracciano, tra le lacrime, con la promessa di prendersi cura l'uno dell'altro. Di non separarsi mai. Anche adesso che *quello* è morto.

Quello. Quello chi?

Una corsa, e ritrova suo padre a distanza, un giubbotto gonfio di vento.

Dentro i vestiti c'è un cane bastonato, poi una faina che si porta stretta tra i denti pezzi di passato che hanno perso tutto il sangue e, alla fine, è anche lui un morto che cammina.

Giovanni si appiattisce contro un'automobile posteggiata. Aspetta che suo padre riprenda fiato e ricominci il passo.

Gli fa impressione seguirlo per le strade che hanno attraversato insieme mille volte in macchina. Stargli dietro da lontano, come un ladro o un sicario.

– Fammi una sorpresa, – dice tra i denti. Stringe i pugni, forse qualcuno lo sta guardando come se fosse pazzo, ma non importa. – Torna indietro, fammi una sorpresa.

Non ha mai messo in discussione che non succederà. Si è aiutato con le ipotesi piú assurde. Ha immaginato per giorni la sagoma di suo padre che si staccava da quella che adesso cammina davanti a lui, dicendogli *va bene, è meglio fare come vuoi tu*. L'ha vista prendere corpo lentamente, come in una dissolvenza incrociata, allontanarsi dalla via segnata, entrare dentro un cinema, in un bar dove non era mai stato, o tornare dalle donne della Pasticceria Linda, o camminare fino a sera per la città, per il solo gusto di annusare l'odore di una mareggiata, di sedersi su una panchina in attesa delle prime gocce di pioggia sul dorso delle mani.

Quello è morto, non so chi è, ma non importerebbe se tu tornassi indietro.

Quando si scrolla di dosso quei pensieri, sono già nella zona del centro.

– Una cazzo di bella sorpresa, almeno una volta, – ripete Giovanni. Ma la voce adesso è piú debole.

Tra lui e suo padre si è aggiunto un marciapiedi affollato. Giovanni vede solo la sua testa ondeggiare, mentre il passo ha ripreso velocità. Sembra che qualcuno gli levi la strada da sotto i tacchi per scherzo. Suo padre sta male. Se lo è detto e ripetuto. Ora che lo vede in mezzo agli altri, alla gente che non sa nemmeno che cosa siano la Pasticceria Francese, le indigestioni di dolci, gli amici degli amici e la necessità di trovarsene sempre di nuovi e potenti, si rende conto di quanto stia male.

Una marea di teste e facce e mani inonda il marciapiedi. La gente, gli altri. Potrebbero fermarlo. Loro, oppure un'automobile distratta. Un colpo e via. O ancora...

Giovanni ha paura di quell'ultimo pensiero.

Torna a guardare papà che cammina spedito, che sparisce e riaffiora tra decine di persone.

Allunga il collo, il suo sguardo scavalca un paio di facce aggrottate. Poi un ragazzo che suo padre, nella fretta, ha appena urtato e che si volta per guardarlo male. Può immaginare la risposta di papà: «Dove minchia guardi quando cammini?» Sí, deve averlo detto. Probabilmente, avvicinarsi al posto in cui sta tornando gli dà forza. *Arroganza*.

Un gruppo di turisti si porta via quella parola scattando raffiche di fotografie verso il teatro poco distante, cinguettando cose lontane anni luce.

Giovanni lo perde ancora, lo cerca con lo sguardo, non lo trova. Gli si blocca il fiato.

Forse si è infilato davvero in una traversa imprevista. Forse ha cambiato idea.

Una donna grassa si sposta, libera la visuale.

In fondo ai portici, di nuovo il giubbotto pieno di niente con suo padre dentro. Gli sembra che corra, ora, che insegua un punto invisibile davanti ai suoi piedi, veloce, dispettoso. Agita il braccio destro con piú foga, si volta persino verso la gente che oltrepassa. Giovanni non può vederlo, ma deve aver riacquistato quella luce buia negli occhi, che brilla di disprezzo, dell'onnipotenza venata di paura di chi sta per risorgere dalla tomba.

Ancora duecento metri e poi è finita, si dice.

Ancora cinque metri.

Di meno.

Fammi una sorpresa.

Giovanni gira la testa all'improvviso. Se avesse saliva, la sputerebbe insieme a quella frase ormai inutile. Proprio sulla vetrina della Pasticceria Francese.

L'uomo in giacca verde seduto al posto di Matteo c'è ancora. Forse non si è mai mosso da lí, anche lui in attesa di gente da bere in un sorso, di vuoti a perdere a cui dare un calcio.

Papà si avvicina all'entrata. Ha piú che fretta, adesso. Se potesse, pensa Giovanni, schizzerebbe verso quel piccolo re da quattro soldi che divora bignè e si rovista un orecchio con l'unghia del mignolo, gialla, che sembra nata e invecchiata prima di lui.

Tra poco Giovanni vedrà suo padre sparire dietro il riflesso del vetro che si richiude e riapparire dentro a testa bassa, al di là della vetrina rettangolare. A quella scena può mettercele lui le parole, come in un doppiaggio: «Io posso essere ancora utile. Gli agganci in Questura li recupero. Trent'anni di amicizia con Matteo e non vi fidate?»

Giovanni però non muove le labbra. Spalanca gli occhi: sulle spalle larghe, sulle mani corte dei servi che ruotano attorno all'uomo seduto sulla poltrona di Matteo. Su quelli che si preparano a stringere una spalla di suo padre per tastare la qualità del suo passato, per trasformare poi quella carezza in una spinta, forte da far carambolare il Turco, Vetro Vincenzo, in un angolo dell'inquadratura.

La sagoma frettolosa di suo padre entra in campo. Si storce nel riflesso del sole sulla vetrina. L'erede di Matteo, narici larghe sul fumo di una tazzina di caffè, si volta.

Poi la Pasticceria Francese sfoca, sembra accartocciarsi sotto una fiammata: celluloide che si sforma in un ricciolo, prima di riprendere colori e forme. La vetrina torna a galleggiargli davanti agli occhi.

Giovanni si guarda attorno per accertarsi di non aver

capito male. Frena la tentazione di correre dentro la pasticceria.

Il resto è una morsa allo stomaco, come quando tutte le regole saltano e le previsioni vanno a puttane.

Giovanni segue suo padre con lo sguardo, a bocca aperta, mentre esce da lí dentro troppo presto per aver già implorato un favore o incassato un rifiuto. Lo ha visto salutare di fretta, sollevando appena la mano. Nell'altra ha una guantiera di dolci. In bocca, un pasticcino. Dal laccio dell'incarto cade qualcosa che per Giovanni è incredibile come la neve a giugno.

Uno scontrino di cassa.

Stavolta Vincenzo Vetro ha pagato. Come si fa tra estranei.

Poco dopo, papà salta su un autobus. Giovanni fa appena in tempo ad aggrapparsi alla maniglia, scalare il predellino e nascondersi dietro una fila di gente in piedi. L'autobus affronta una curva larga, si piega di fianco e dal finestrino appare la circonvallazione. Giovanni si guarda attorno confuso: è entrato in un territorio straniero. Da quelle parti c'è passato solo di fretta, in macchina, con suo padre. Da quelle parti non c'è mai stato niente di interessante per loro due, insieme: nessun motivo per fermarsi. Lui l'ha vista bene in tv, la circonvallazione. O dal suo elicottero immaginario.

La ricordava cosí. È ancora uno stradone spolpato per metà dalle ruspe, proprio come anni prima. Sotto un cerotto di asfalto male incollato puoi indovinare la forma degli scavi. Le automobili ci passano sopra di corsa, come se dovessero prendere lo slancio, poi frenano all'ultimo momento, obbediscono di malavoglia alla segnaletica di deviazione e ritornano verso il cuore della città.

Pure l'autobus sterza. Infila una strada laterale, svela un alveare di caseggiati dietro i margini della ferita, sbuca in un quartiere di palazzoni piantati negli scampoli di campagna moribonda. Zona nord. Se non ci abiti non ci vai.

Papà scende alla prima fermata, lottando contro il vassoio di dolci che minaccia di scivolargli dalla mano.

Giovanni, dietro. Attraversano l'ossatura di un palazzo in costruzione. C'è un uomo in completo grigio che sta mostrando un pezzo di quello scheletro a una coppia di anziani. Allarga le braccia, passeggia tra i calcinacci, disegna stanze che ancora non esistono:

– Il palazzo viene con una bella forma moderna, a fungo, praticamente il gemello del famoso e scicchissimo complesso di viale Sacramento, là. Questa sarà la nuova zona residenziale.

Giovanni segue il dito dell'agente immobiliare. Lo vede scavalcare le nuvole, il grumo di palazzi piú bassi, scendere e fermarsi su un mostro azzurro pieno di finestre che si scorge anche da lí. Viale Sacramento.

– Sacramento, – mormora Giovanni. – Sacramento... – Si chiede perché quella parola lo colpisca cosí. È come se sbattesse in un angolo della sua memoria e continuasse a risuonare. Proprio quell'angolo, sí: lo spigolo dei ricordi bambini.

Suo padre ci sta andando, dritto filato.

Giovanni fa un paio di passi, si ferma. Si stupisce di quanto sia diverso il posto che vede da quello dove lui ha sempre abitato, una palazzina a due piani con i soffitti alti, fresca e buia, le voci del mercato intorno. Qui, invece, c'è uno scatolone pieno di gente che parla tutta insieme. Quelli della città nuova. Non se lo immagina uno come Nunzio, da queste parti, e nemmeno uno come Matteo Scavone. Ci vede meglio lo spaccone in giacca verde che negli ultimi tempi sta seduto alla Pasticceria Francese.

Le voci del palazzo di dieci piani scalzano quel pensiero. Gli arrivano come un'ondata. Suo padre ha oltrepassato la siepe davanti all'edificio e ora è a qualche metro dalla portineria.

A lui ne mancano una ventina, da affrontare con cautela, nascondendosi dietro gli alberi o rannicchiandosi tra le macchine posteggiate sotto le finestre. Nell'androne, suo padre non imbocca le scale. Entra, fa i gradini della portineria e gira a destra, verso una porta del pianterreno.

Riappare qualche minuto dopo, dietro una delle finestre che danno sulla strada. Con lui c'è il giovane che gli ha appena aperto, e che lo tiene sulla soglia, facendo guizzare i muscoli delle braccia sotto una canottiera bianca. Ha un bottone da lutto su una bretella.

– Ormai che sei qui, entra, – dice.

Dalla stanzetta dell'ingresso quel tizio e suo padre passano alla finestra accanto, che inquadra la cucina. Il giovane si affaccia e sputa. Giovanni fa in tempo a schivare lo scaracchio, ma cerca di non muoversi troppo da dietro l'albero. Le altre voci del palazzo si sono abbassate lentamente. Le ha sostituite un silenzio compatto, spezzato di tanto in tanto dal rumore di piatti e posate. È ora di pranzo.

– Siediti.

Il ragazzo in canottiera ha una voce forte che si sente con chiarezza anche dalla strada. A Giovanni, per vedere le finestre basta spostarsi di tanto in tanto fra una macchina e l'altra.

Papà tira qualcosa verso di sé da sotto il tavolo della cucina.

– Non fare scena, – lo ferma il ragazzo. – Quando mai ti ho fatto mettere sullo sgabello. Qua c'è la sedia. Tieni.

Si siede anche lui. Stanno uno di fronte all'altro. Giovanni vede i loro profili dalla finestra.

Il tizio in canottiera giocherella con il suo bottone da lutto. Allunga la spallina spingendo con il pollice, perché papà lo noti.

– Come l'hai saputo? – dice. – Hai risposto tu al telefono, l'altra notte?

Papà spinge un bicchiere abbandonato sul tavolo.

– No. Infatti non lo sapevo. Mia moglie non mi racconta niente. Non piú.

– Non ha risposto tua moglie. Io dall'altro capo della linea ho sentito solo un respiro. E non era lei, perché la tua signora o grida o piange.

– Si è stancata pure di farlo. Come tua madre.

Stavolta non sono solo i muscoli delle braccia del giovane a guizzare, ma anche quelli del suo viso.

– Vedova Lo Manto, prego. Anche se *quello* non c'è piú, questa rimane la famiglia Lo Manto.

– Dalle telefonate mi era sembrato che non vedevate l'ora.

– Sí. Di capire come ti saresti comportato –. Il tizio si accende una sigaretta. – Era malato, era un pezzo di merda, ma c'era. E mi ha insegnato una cosa: che bisogna stare da una parte sola.

– Però quando avete avuto bisogno c'ero anch'io.

– No, prima venivano le necessità di tutti gli altri. Bisognava prendere il telefono per ricordarti che in viale Sacramento avevi degli obblighi. Prima c'era Scavone. Poi tua moglie e il servizio. Ora che minchia c'è?

– Lo sai che non posso scegliere.

– Allora alzati e vattene. Qua le visite di comodo non ci interessano.

Giovanni sussulta. Il dialogo è chiaro, tagliente. Il vecchio Starsky la prenderebbe come una manna dal cielo. Ma Giovanni sta spiando suo padre, e non è la stessa cosa.

Stringe le dita sul tronco dell'albero dietro il quale è nascosto. Cerca di respirare con calma, di non pensare. Gli sembra che ogni ipotesi, anche minuscola, possa scavargli un buco dentro.

Suo padre si leva il giubbotto. Si sbottona la camicia come farebbe a casa. Non gli regala la sorpresa di andarsene.

– Sono passati mesi, – riprende il giovane, e picchia con

le nocche sul tavolo per sottolineare l'ultima parola. – *Quello* stava morendo e noi non sapevamo dove sbattere la testa. Al telefono non rispondevi, e gli agganci che mi servivano me li hai sempre negati. Tanto sapevi che ci pensava qualcun altro. E la buonanima, stronzo com'era, non ha mai avuto il coraggio di prenderti a calci in culo, perché se ti torceva un capello tu parlavi con Scavone. Adesso, guarda caso, ti fai rivedere da queste parti. Chi ti dice che ti vogliamo, dopo che hai fatto e disfatto come ti pareva?

Per Giovanni quelle parole non sono piú un semplice buco nello stomaco, ma una voragine. Lí dentro rimbomba la voce di sua madre che urla al telefono, che si dibatte per uscire in strada ma non ce la fa, che lo avverte: *quando quello muore, papà non torna piú*.

Suo padre tiene un gomito poggiato al tavolo e con l'altra mano solleva la guantiera di dolci. Aspetta. Carica il volto di disgusto. La fa ricadere.

– Mi stai scaricando, – dice.

Il tizio in canottiera scuote la testa e accompagna quel movimento con un gesto stanco della mano.

– Finiscila. Ti sto dando una possibilità. Questo volevi, no? Altrimenti non c'era motivo di presentarti qui, ora.

– C'era eccome –. Papà tace per un attimo. Si batte il petto. Tre volte. – Senza di voi sono rovinato, – aggiunge, quasi sottovoce.

– Lo dici perché sei nei guai.

– Ci sono sempre stato, nei guai.

– Lo so. Ma ora ti serve protezione.

– Mi bastava starmene alla Pasticceria Francese, per questo.

– Non farmi ridere.

Una pausa di silenzio mostra le unghiate delle parole appena dette. È come se quel silenzio si aprisse, come se si preparasse a incassarne delle altre, di zannate, piú profonde.

C'è una tirata di sigaretta, uno spiffero di fumo.

– Ti ho visto crescere, – dice papà al giovane. – Ti ho insegnato un sacco di cose. Tu sei come me, e mi tratti come un…

– Io so scegliere. Tu no.

La voce di chi sta di fronte a suo padre suona bassa, all'improvviso. E familiare, in qualche modo, pensa Giovanni. Somiglia a quella di papà quando disprezza qualcuno.

Il giovane si alza e apre una credenza, prende un coltello.

Giovanni sta per scattare. Un salto, un piede sul cofano di un'auto e sarebbe dentro. Per fare cosa non lo sa, ma ci metterebbe tutte le forze.

Il ragazzo in canottiera fa guizzare il coltello, il nastro che chiude il pacchetto dei dolci salta. Entrambi, papà e l'altro, pescano dal vassoio, lentamente e in silenzio, come in un rituale. Masticano.

– Parliamoci chiaro: non ti sei fatto piú vedere, Viví, – sospira il giovane pulendosi la bocca con la mano. – E basta –. Prende un altro pasticcino. – Lo sai. Questi dolci li stai portando tardi. In onore dei vecchi tempi.

– Tuo fratello la pensa come te?

Il ragazzo smette di masticare. – *'U nico* lascialo stare. Non lo nominare nemmeno.

– Ci voglio parlare.

Il tizio in canottiera scatta su.

– Ho detto no! – Batte il pugno sul tavolo. – Scordatelo, Viví. Sarebbe uno sbaglio.

– È lui il problema?

– Io mi so controllare. *'U nico* no. Finirebbe male, Viví. Te lo dico io.

– Non è colpa mia se…

– Si è convinto che non ci hai mai detto tutta la verità, va bene? E non glielo levi dalla testa. Puoi portare tutti i dolci che vuoi.

– Cosí comanda lui –. Papà sembra indispettito. Ha indicato un punto oltre la porta.

Giovanni si gira, guarda la terza finestra che dà sulla strada: la tapparella è abbassata a metà e lascia intravedere una tenda chiara, ma opaca. Dentro quella stanza, la luce è accesa. Qualcuno passeggia avanti e indietro. Si intravede un movimento. *'U nico*.

– Pensavo che le avevi prese tu le redini della famiglia, – continua papà.

– Certo che è cosí, ma la famiglia siamo io e mio fratello, ormai, – ribatte l'altro. – Devo tenere conto anche delle sue scelte. Non lo posso mettere da parte.

– E io?

– Tu ci devi *rientrare* nella nostra famiglia. L'unico modo è convincere lui. E *'u nico* ha bisogno di una cosa sola: sapere che sei disposto a fare quello che non hai fatto mai. Metterti a disposizione. Completamente –. Il giovane avanza verso la finestra, si affaccia, guarda in giro, sputa, rientra.

Giovanni si è rannicchiato dietro una macchina.

La voce riprende, ma con tono piú sommesso: – Fra due giorni all'aeroporto arriva un pacco per *'u nico*. Lo manda un parente dall'America. Lo vai a prendere e glielo consegni tu.

Papà si alza. Si riabbottona la camicia, si rimette il giubbotto.

– Se ci arrivo, all'aeroporto, – sospira.

– Ci arrivi.

Il fruscio del cellophane di un pacchetto di sigarette. Un rubinetto che gocciola. Il silenzio che il giovane in canottiera riesce a riempire senza parlare, semplicemente tornando a sedere e stiracchiando la schiena e le braccia, un gesto che significa: che problemi hai, Viví? Ora siamo noi i piú forti. Piú di Matteo. Piú della polizia.

– Con chi ti sei messo? – chiede papà sulla soglia della cucina. Si è infilato il giubbotto e sta per uscire.

– La conosci la sala corse qua sotto?
Papà scuote il capo, con stanchezza. – Che gente è?
– Ci frequentiamo.
– Stai attento.
– Ho imparato da te, Viví.
Sulla porta dell'ingresso, il giovane gli stringe un braccio. – Dopodomani, puntuale agli arrivi. Perché se non ci vai, per me sei morto. E se capita che devi piangere su una spalla, se ti minacciano, se hai bisogno di farti difendere, se t'arrestano perché sei vecchio e rincoglionito, *se* tutti i *se* possibili e immaginabili... non bussare in viale Sacramento. Qua non ti conosciamo. Chiaro?
Giovanni vorrebbe che il tizio che parla con suo padre si mostrasse ancora. Per vedere meglio che faccia ha uno che chiama Vincenzo Vetro con quel nome da cane, Vi-ví, senza prendersi uno schiaffo.
– Devi avere l'umiltà di ricominciare daccapo, chiaro?
– Chiaro.
– Arrivederci.
La porta dell'appartamento si chiude.
Qualche secondo dopo, le serrande si abbassano sulla cucina del piano terra del palazzone scicchissimo.

Il catenaccio senza lucchetto scivola dalla porta del magazzino di vernici.
«Sacramento. Lo Manto. Numero quattro».
L'unica lampadina si accende con una specie di scoppio in mezzo alle travi. Trema, frigge, ma alla fine decide di sopravvivere.
«Sacramento. Numero quattro».
Da un angolo mezzo buio sbuca uno spigolo del baule. Non è ricoperto di polvere, come Giovanni aveva immaginato da bambino. È fradicio.
«Sacramento».

Vicino alla parete dove Tanino e l'altro l'hanno spinto secoli prima, finisce un solco scavato dall'acqua piovana e dal piscio di imbianchino, che attraversa il pavimento in pendenza. L'umidità si è arrampicata da lí sul baule. Ha cercato qualcosa da masticare. Ha trovato il fianco tenero della cassa.

«Manto».

Giovanni beve un respiro profondo. Livigni e i suoi operai non mettono piede là dentro da quando il quartiere vecchio si è svuotato, con tutta quella gente che si è spostata verso le case popolari. È un miracolo che ci sia ancora la corrente elettrica, laggiú. La polvere è l'ultimo dei fastidi.

Sputa denso e si avvicina al baule.

«Sacramento. Numero quattro. Manto... Lo Manto». È un'eco ancora piú forte, adesso. Si duplica e diventa acutissima nella sua testa.

Carica di forza una gamba, sibila tra i denti, spinge in avanti e scalcia.

Il baule si sposta da una parte, come se si ribellasse. Ma il coperchio cede.

Giovanni rovista alla cieca. Trova la borsetta. La trova subito. La tira via.

Prima di aprirla si domanda come farà a chiedere perdono a sua madre, da oggi in poi. Se ne sarà capace oppure, da vigliacco, salverà se stesso addentandola dove sanguina. Umiliandola per quello che è diventata anche per colpa sua. Per quello che non ha mai piú confessato, persino per le gocce che si è lasciata versare in gola.

È ancora nera, la borsetta. L'umidità non l'ha sbiadita. Dura e fredda e nera, come quel giorno in cui sua madre se l'è portata dietro, in strada, brandendola come uno scudo che non protegge, mentre cercava di andare da...

Ricordi male. Vedrai che ricordi male...

Giovanni apre la borsa e la svuota. I pezzi di carta di sua madre si spandono in mille direzioni, si infilano tra la polvere del magazzino, alcuni volano in alto e ricadono in spirale.

Legge. Ricordava bene.

«È arrivato il momento di dirvi la verità, De Cisneros».

«Che cosa vi salta in mente, Donna Varga?»

Deve mettersi tra De Cisneros de La Mintias e Donna Varga Figueroa perché sua madre si accorga di lui. Deve fare rumore, muoversi.

Strappa la tovaglia dal tavolo, sbatte la borsetta sul ripiano. Scompagina la vecchia rivista tv pescata nel baule e da lí spizzica i quattro biglietti che ci ha infilato dentro. Li sistema sul tavolo, ciascuno attaccato a un pezzetto di nastro adesivo. Ne tira fuori un quinto dalla tasca.

«Siete una svergognata e una bugiarda, Donna Varga».

«Sono una femmina che si vendica per amore, De Cisneros. Ma che fate?»

Sua madre riaffiora da un fazzolettone che tiene stretto sul naso. Soltanto gli occhi, rossi di lacrime, pieni di Donne Varga che si struggono nello schermo televisivo.

Giovanni si piazza davanti alla tv. I due della telenovela spariscono dagli occhi di sua madre. Nello stesso momento, le sue pupille si spengono e lei si incassa nella poltrona.

– È tornato ed è uscito? – le chiede. Nessuna risposta. Giovanni prende il telecomando. Abbassa il volume. – Papà, dico.

Sua madre muove la testa. Potrebbe essere un sí o un no.

– Quando ritorna? – Nessuna risposta. Giovanni lancia un'occhiata a Donna Varga e De Cisneros che sussurrano ancora dalla caverna permanente che si sono scavati nella vita di sua madre. Si chiede se parlarle come fanno loro può funzionare. Ci prova: – È arrivato il momento di dirci una verità che credevi sepolta, mamma.

Il fazzoletto per le lacrime da telenovela le è scivolato dalle labbra. Sbatte le palpebre, risvegliandosi un poco.

– Rinchiusa in un forziere, – rincara Giovanni. – Nelle profondità di un magazzino di vernici.

Sua madre si asciuga gli occhi. – Quella bors...

– Sí...

– Quella borsetta... Me ne... me ne hanno rubata una uguale, anni fa.

Giovanni va verso il tavolo: – Vi sbagl... Ti sbagli. È proprio la tua.

Sua madre spegne la tv. Giovanni non stacca lo sguardo dal tavolo, dai biglietti.

– Nel baule c'erano i miei vecchi giornali della televisione, – dice carezzando la copertina della rivista. – E io che li cercavo nella mia stanza –. Mette una mano sulla borsetta. Fredda e nera. Come si sente lui adesso. – Fino all'ultimo ho sperato di non trovarla piú.

Sua madre lo guarda. Giovanni non sopporta quegli occhi opachi che a tratti si illuminano, si trasformano in una voragine fulminea e poi tornano a richiudersi su di lui.

– Ti ricordi come stavi, allora? Morta e poi resuscitata. Sembravi guarita, con quelle gocce. Stavi bene, porca miseria, stavamo bene tutti quanti con le gocce e senza quella borsa e questi biglietti.

Si ferma. Freddo e scuro e disonesto, ecco come si sente. Don De Cisneros che prende a frustate Donna Varga.

– In fondo al baule, – aggiunge con un sospiro. – Per sempre. Pensavo che fosse la cosa giusta.

Sua madre torna a guardare la televisione. Forse sullo schermo spento vede ancora i brasiliani in costume ottocentesco. Oppure altri fantasmi.

– Ci faccio caso solo ora, – dice. La sua voce è un filo.

– A che?

– Dimmi se non sono uguali. Tuo padre e Rogas Lope De Montalbàn.

Giovanni spinge la borsa sul tavolo.

– Uguale... Identico a Rogas... Lope...

Sua madre si alza. Le tremano le labbra. Le mani. Tutto.

– Ci... ci sei stato? – dice poi, paralizzandolo.

– Stamattina –. Giovanni si siede al tavolo. Sfiora la carta con un dito. – In questo biglietto tu avevi scritto: Manto, – la incalza. – Ma non è il cognome giusto. Si chiamano *Lo* Manto.

– Non... – Sua madre comincia, si ferma, chiude gli occhi e li riapre. Riprende: – Non potevo parlare. Scrivevo... in fretta, di nascosto. E i picciotti... li hai visti?

– Uno solo. Fa paura –. Giovanni tocca tutti i biglietti sul tavolo. Sua madre sta fissando le sue dita che si muovono.

– Ce l'hanno in pugno, vero? – la sente mormorare.

– Come avevi previsto. Vieni. Leggiamo insieme.

Sua madre indietreggia verso la poltrona: – No... io... sai tutto quello che c'è da sapere, ormai.

– Voglio che mi aiuti. Mi serve una conferma.

– E io voglio le mie gocce.

Giovanni toglie la boccetta dal tavolo prima che sua madre possa prenderla. – Sei tu che hai scritto queste cose! E ora dimmi se ho capito veramente. Non posso fare quello che devo, senza il tuo... – Agita il pugno verso di lei, lo scioglie vedendola arretrare.

Perdono...

– ... aiuto. Basta con le gocce, mamma. Leggi, per favore.

– Sono troppi i biglietti che ho raccolto. Mi... mi gira la testa.

– Leggi solo questi quattro, mamma –. Giovanni indica la fila dei pezzi di carta che ha scelto dalla borsetta. Sua madre barcolla. Ma alla fine si avvicina, incerta. Si china per leggere, a fatica, aggrappandosi con le dita al bordo del tavolo. Uno stridore la strappa da quella posizione, facendola voltare verso la finestra del salotto: – Madonna mia! Chi hanno investito?

– È solo una frenata, mamma. Una macchina di passaggio –. La mano di Giovanni picchia sul tavolo. – Forza.

– Non… non servono piú a niente questi appunti.

– Allora te li leggo io. Manto… – E poi, piú forte: – Sacramento… quattro… contro.

– Che vuoi fare, Giovanni?

Lui solleva la testa verso sua madre e quella voce che lo ha interrotto, decisa, dopo anni di balbettii.

– Completare quello che tu hai lasciato a metà –. Si cava dalla tasca il quinto biglietto accartocciato. Lo dispiega con cura, incollandolo dopo gli altri quattro. – Coraggio. Un'altra donna non l'avrebbe mai fatto a quei tempi. Ma tu ci hai provato. Sapevi contro chi ti stavi mettendo, ma non ti importava. E forse preferivi perdere mio padre pur di non darla vinta a quei… quei…

– Bastardi, – soffia sua madre.

Lui annuisce. – Credevo che Matteo Scavone fosse il peggiore verme della terra, ma non avevo ancora visto…

– Scavone era un signore, – ribatte lei.

– Al confronto di questi? Non esageriamo, mamma. Sono della stessa pasta, al limite.

– No, i Lo Manto sono proprio dei bastardi.

Giovanni si guarda intorno. Allunga una mano e rovista in un cassetto dello sparecchiatavola. Trova un pezzo di carta e una biro.

Sua madre sta fissando stregata i cinque biglietti, la grafia di quando era piú giovane, segni nervosi, sbrigativi, allineati sul tavolo.

– Da… dammi le mie gocce, – insiste.

– Manto Sacramento quattro contro… – scandisce Giovanni. La quinta parola gli si incaglia nella gola. Deve tossire per sbloccarla: – … legge –. Guarda sua madre. Scrive rapidamente sul foglio altre quattro brevi parole, una è un numero. Le separa strappando la carta. Spiccano bianchissime in mezzo ai ritagli ingialliti, ma completano la frase ed è come se fossero sempre appartenute al resto.

– Lo Manto via Sacramento 4 contro la legge, – recita per intero, calcando il tono sulle parole che ha inserito. Si volta verso sua madre. – È quello che hai cercato di scrivere anche allora, vero?

Lei dapprima annuisce, ma subito dopo cancella quel gesto con un «no», incerto.

– Vero?

– Che vuoi fare, Giovanni? – Gli si avvicina di piú, con gli occhi asciutti. – Che intenzioni hai?

– E tu? Che intenzioni avevi quel giorno, quando hai cercato di prendere un taxi, prima che ti investissero?

Le spalle di sua madre si sollevano in un movimento stanco. – Fermare i Lo Manto. Cancellarli.

– Come?

– In qualunque modo.

– Non avresti risolto niente. Di modo ce n'è solo uno, mamma –. Giovanni scrive un'altra parola, piú grande, sul foglio da cui ha strappato i nuovi biglietti. Lentamente, a lettere larghe, con tre righe sotto. Lo gira per mostrarglielo.

Un modo solo, mamma. L'unico che ci resta.

Giovanni è seduto su una panchina del piccolo parco dove un giorno di tanto tempo fa ha sentito i tre colpi di pistola che hanno ucciso l'uomo con i baffi messicani. Sopra di lui c'è un albero che perde le foglie anche d'estate. Forse è malato, o forse anche il cielo sta impazzendo sopra la città.

Le foglie morte sembrano pezzi di carta ingialliti, fragili, calpestati dai passanti. Ne raccoglie una.

Chissà se sua madre sta facendo la stessa cosa con i pezzetti della sua verità, ora che può vederli e toccarli nel silenzio della casa, uno per uno. Chissà se li ha già richiusi dentro la borsetta. *Povera piccola Donna Varga.*

Quasi la vede e la sente, Giovanni, mentre ripete la fila di parole che lui ha completato.

– Lo Manto, via Sacramento 4, contro la legge.

Il biglietto che lui ha scritto per ultimo, quello a caratteri grandi, sottolineato tre volte, sua madre deve averlo guardato piú a lungo degli altri. Combattuta. Dolente. Risoluta. Prima di ripiegarlo e nasconderlo nel petto, come la chiave di tutto.

Poi la borsetta avrà finalmente ingoiato il resto.

Buio.

Luce.

La borsetta invece è rimasta aperta e i frammenti sparsi. Le dita di sua madre non hanno tremato. Anzi, si sono mosse sul tavolo senza esitazione.

«Via Sacramento 4 contro la legge».

Il suo dito, strisciando sul legno, ha poi puntato verso quelle parole, per scavare uno spazio proprio a metà frase. Lo stesso dito è scivolato rapido verso il mucchio di pezzi di carta rimasti nella borsa. Ha spulciato, insistito, grattato e finalmente ha trovato quello che cercava. Di sicuro c'è stata una pausa, prima che il nuovo bigliettino riempisse il vuoto sul tavolo, prendendo il proprio posto. Dopo il «4». Prima del «contro».

A quel punto era a metà dell'opera, e il suo sguardo è caduto sulle gocce.

Niente di strano che si sia domandata se fosse il caso di calmare l'impazienza che cominciava a farsi sentire; oppure godersi quello che sarebbe successo nei giorni a venire, ma senza nebbie, senza torpori.

Adesso sta meglio, molto meglio, meravigliosamente meglio. Ripensandoci, volendo proprio malignare, quelle gocce potrebbero anche essere state un trucco. Perché a lei è bastato sapere che l'evento che aspettava da tanto, tanto tempo, stava per accadere, e si è sentita subito come una leonessa. All'improvviso. Proprio quando non ci sperava piú. Come… Come riattaccare la luce dopo aver staccato l'interruttore per non consumare la lampadina.

Le gocce alla fine le ha prese. Meno degli altri giorni.

Ci vorrà poco a scoprirlo: basterà annusare il bicchiere vuoto. Odore di fragola e sonno, ma leggero, meno intenso del solito.

Le gocce, con ogni probabilità, l'hanno aiutata a usare la biro cui non era piú abituata.

Infatti, la breve parola che ha scarabocchiato sul foglio è tutta storta e aguzza.

Piú semplice è stato far scorrere di nuovo la mano verso il mucchio di cartacce e cercare il secondo biglietto spiegazzato, quello con la parola che deve completare la frase. La *sua* versione della frase.

Potrebbe esserci stato uno stridore piú forte delle nocche sul tavolo, a quel punto, o addirittura una risata sommessa, ma non è detto. Forse ha fatto cadere solo uno sguardo senza espressione sulla quella fila di parole che ha ricostruito a modo suo, come spiandole al di qua di un vetro appannato. Sí. Magari è molto piú onesto figurarsela cosí, una vendetta che esplode dopo anni di silenzio.

– Lo Manto via Sacramento 4... – Un'altra pausa.

Poi la versione finale, quella che Giovanni non può ancora immaginare, letta d'un fiato.

– Lo Manto, via Sacramento 4, bambino contro la legge di Dio.

Subito dopo ha ricoperto tutto con la tovaglia: un gesto quasi rituale, o forse solo paura. Ma questo Giovanni non potrà mai stabilirlo con precisione, né gli servirebbe a molto. Quando lui solleverà per caso il copritavolo, troppi giorni dopo, niente servirà piú a niente. Nemmeno l'unico biglietto che sua madre ha ritenuto inutile, che ha appallottolato e scagliato verso la finestra, mancando la mira. Proprio quello su cui Giovanni aveva scritto DENUNCIAMOLI. Sottolineandolo tre volte. Nella sua grafia enorme, cocciuta e speranzosa, prima della fine.

Mio padre.

Ha sposato mia madre, ha smesso di baciarla subito. Lei teneva gli occhi chiusi, lui ha spostato le labbra a tradimento e al loro posto ci ha messo un parlapoco.

– Forse sto impazzendo anch'io. Ma devo cercare di entrare dentro di lui, guardare la città con i suoi occhi.

È il cinquantacinque. Vedo autobus e vestiti di sartoria esposti in vetrina. Tocco banconote di piccolo taglio quando affondo la mano nella tasca. Io, che sono sfuggito ai tedeschi e agli americani. E ora cerco un posto sicuro. Una trattoria a credito aperta notte e giorno e un corridoio che ti eviti le code alla cassa.

– E va bene, vieni avanti. Tanto è solo un sogno.

Quando dico che sono un poliziotto qui si inchinano tutti, ma appena volto le spalle sputano per terra. E questo per una miseria al mese. Matteo no. Matteo Scavone fin dal primo momento è stato un amico.

– Quello specchio è troppo stretto.

Nel sessantacinque viene un periodo difficile. Qualcuno mi dice che un poliziotto deve fare il poliziotto e basta. Vogliono levarmi la pistola o mandarmi lontano. Magari dove c'è la neve. Io, che ho fottuto i tedeschi e gli americani e preso a schiaffi la fame. So che chi deve punirmi andrebbe punito a sua volta. Lo guardo in faccia. Gli dico: tu non sei meglio di me.

– Non è lo specchio dell'ingresso. È uno specchio da ragazzo grande, questo.

Non parto. Faccio un figlio. Vede i film. Parla allo specchio. Mi chiedo che uomo sarà.

– Cavolo, amico. Ci avevo visto bene anni fa. Tu e il tuo vecchio vi state proprio sullo stomaco.

Giovanni salta su dal letto, ma non è sicuro di avere aperto gli occhi. Eppure vede il mondo sopra e sotto di sé.

Il tappetino, la vecchia rivista tv con la quale si è addormentato e che deve essergli scivolata dalle ginocchia, lo specchio rotondo appeso alla parete sotto la libreria, grande poco meno di un cocomero, ma perfetto per darsi una pettinata prima di uscire.

Starsky avanza dinoccolato proprio da lí, e non sta bene. Sulla copertina della rivista sorride a trentadue denti. Nel fondo dello specchio, invece, si copre di continuo la bocca con la mano, togliendola solo per parlare: – Ok, sei grandicello per vedere ancora certe cose. Ma può anche capitare, quando si passa un brutto periodo. E non credere che io me la cavi meglio di te.

In effetti l'agente Dave è invecchiato. Di piú: ammuffito. Deve avere anche qualche problema al ginocchio destro, a giudicare da come zoppica. Tutti quei capitomboli, negli anni…

– Credevo che aveste risolto la questione, tu e paparino, – continua Starsky.

Giovanni scuote il capo. Allunga il collo per sbirciare alle spalle dell'agente, sopra le sdruciture del suo giubbotto.

Starsky si volta, segue il suo sguardo. Inghiotte saliva. – Il mio collega Hutch è andato, amico. Dovresti saperlo.

– Quando? – Quello di Giovanni è un sussurro. Non può fare di piú: non gli va giú, a quell'età, che qualcuno si svegli e lo trovi a parlare con uno specchio. – Mi sono perso qualche puntata…

– Dannazione, ragazzo. Ma di che puntata stai parlando? Non ti ricordi il vicequestore? Quello con i baffi messicani.

– Non l'ho mai dimenticato.

– Bene. Hutchinson l'ha seguito dritto nell'aldilà. Stesso giorno d'estate, stesso fottuto secondo. Un po' come il tizio con il giubbotto di pelle che ti piaceva tanto.

– Fonzie.

– Ci sei. Stecchito anche lui. Insieme alla ragazza di quell'altro, quello delle sigarette!

Stavolta è Giovanni a deglutire. – E ora?

– Ora sono rimasto solo io, amico. Con vari problemi alle ossa e una pensione da fame. Circondato da zombi. Dico: mi merito almeno di sapere che fine mi farai fare?

– Ma Starsky, non sono io che...

– Oh, andiamo. Non venirmi a dire che non hai capito come funziona. Ogni volta che hai scommesso su qualcuno, hai pensato a uno di noi. D'accordo, lo fanno tutti, da bambini. Solo che i tuoi amici tirano le cuoia come niente. E noi con loro.

– Starsky, io... questa città...

– Tagliamo corto. Un uccellino mi ha suggerito che domani vai da un tizio che hai accoppiato a me. Dimmi chi è.

– Si chiama Pirajno. Roberto Pirajno.

– Oh, Cristo! Il piú coglione dei coglioni della Mobile.

Lo trova fuori dal Silver. Senza macchine fotografiche e con lo sguardo fisso sul marciapiedi dove, sette anni prima, è passata la barella con l'uomo dai baffi messicani. C'è una corona di fiori freschi con il solito nastro commemorativo.

Il poliziotto Pirajno Roberto fu Michele muove la testa su e giú, come se contasse e ricontasse quei fiori. Ne spinge uno che si è staccato dalla ghirlanda con la punta di quei suoi stivali che, in realtà, non sono da *caubboi*. È roba di coccodrillo, tutta scaglie e graffi. Poliziotto dal ginocchio in su. Jim Morrison dai polpacci in giú.

Giovanni accelera il passo verso di lui, cercando di trovare le parole da dire, il modo di cominciare, ma quello lo anticipa. Si volta fulmineo, lo guarda, strizza gli occhi per metterlo a fuoco. Stringe le labbra, serra la mascella, si tocca il petto nel punto in cui, probabilmente, porta la pistola. Poi si accorge che chi gli sta venendo incontro è solo un ragazzino che ha meno di vent'anni. Tira un sospiro di sollievo, ma il suo sguardo rimane duro.

– È lei Pirajno, vero?

– Uh?

Il poliziotto si avvicina.

– Cercavo l'agente Pirajno, – fa Giovanni, intimidito.

– Sono io.

– Infatti, ci siamo già visti...

Roberto Pirajno serra un occhio. L'altro guarda fisso, sembra di vetro.

– Dove? – dice, circospetto.

Giovanni non sa se spiegarglielo subito. È tutto cosí difficile. Trova una via di mezzo.

– Sono il figlio di Vetro.

Il poliziotto sbianca, poi sembra riflettere. Cava una sigaretta dal giubbotto senza maniche, pieno di tasche. – Entriamo nel bar, – dice.

Va al bancone del Silver, fa cenno a Giovanni di sedersi a uno dei tavolini e rivolge un gesto deciso al barista: – Dammene un altro.

Il tizio finisce di asciugare un bicchiere.

– È il quinto succo d'ananas oggi, Pirajno. Il dottore buonanima ne ordinava al massimo due. Cosí non le viene l'acidità di stomaco?

– T'ho detto di portarmi quello che prendeva lui, – ripete il poliziotto, testardo. – Bevo alla memoria. Preparane uno pure per il ragazzo.

Si siede davanti a Giovanni, gli allunga il bicchiere.

– Questo era il suo succo preferito. Sai di chi sto parlando?

Giovanni annuisce.

– Era un uomo giusto. L'hanno ammazzato qui. Io c'ero, è stato terribile.

– Lo so.

– Sai quello che ti dicono a scuola, se te lo dicono. Io invece c'ero.

Pure io, sta per dirgli Giovanni, ma lo sguardo umido di Pirajno lo dissuade:

– Quel giorno pioveva, anche se era la fine dell'estate.

– Veramente no, – azzarda Giovanni.
L'agente non gli dà il tempo di continuare: – Faceva freddo. Freddo qui, dentro –. Si batte una mano sullo sterno. Sospira. – Vetro... come? – chiede.
– Giovanni.
– C'era anche tuo padre quel giorno, Giovanni. Ma lui non aveva freddo come tutti noi. Sappi anche questo, se sei venuto per difenderlo da certe accuse che...
– No, io sono venuto per fermarlo.
Pirajno sta per dare una sorsata al succo d'ananas. Si blocca prima che gli vada di traverso.
– Giuro, – dice Giovanni. Una lacrima gli scivola sulla guancia. La cancella rapido, con rabbia, sperando che il poliziotto non l'abbia vista. – Viale Sacramento 4 le suggerisce qualcosa? – prosegue.
– Parla piano... – dice Pirajno, lanciando un'occhiata al banconista.
– Viale Sacramento le dice qualcosa? – ripete Giovanni a bassa voce.
– Ci sono stato fino all'altro ieri.
– E io ieri mattina.
– Non ero di turno, cazzo –. Pirajno manda giú il succo d'ananas con una smorfia. – Che è successo?
– Ho sentito delle cose –. Giovanni si avvicina il bicchiere. Lo guarda. Lo allontana. – Chi è *'u nico*? – chiede.
– Ssst! Ti ho detto di parlare piano! – sibila l'agente. – L'ha nominato tuo padre?
– No, quello muscoloso con la canottiera che abita al pianoterra del palazzo.
– Sí, l'ho fotografato.
– E allora?
– Un minuto. Sto pensando –. Pirajno corruga la fronte. Ordina un altro succo. D'ananas. Il ragazzo del banco glielo porta.
– Non è la stessa marca, – lo respinge Pirajno storcendo la bocca.

Il ragazzo agita le mani. – Minchia, Pirajno. Sempre succo d'ananas è.

– Stai zitto, cafone. Lo sai che cos'è una commemorazione? Ma che cazzo devi sapere, tu. E per giunta lavori al Silver. Voglio lo stesso succo di prima. Cerca nella ghiacciaia, gratta, ma portamelo. Scattare, su!

Il banconista va, storcendo gli occhi alle spalle del poliziotto.

– *'U nano!* – dice Pirajno all'improvviso, schioccando le dita.

– No, era *'u nico*, – lo corregge Giovanni.

– ... che significa *il piccolo*, in ogni caso. I conti tornano... Un momento... Ma che sto facendo? – Pirajno si morde un labbro.

– Stia tranquillo.

– Ragazzino, io non ti conosco...

– Pirajno, io le sto dando delle informazioni riservate.

– E io risposte altrettanto riservate che riferirai a tuo padre.

– E come? Dicendogli che lo sto denunciando a un suo collega?

Pirajno ci pensa su. *Giusto*, fa con un lampo nello sguardo.

Arriva una bottiglietta sul tavolo. – L'ultimo, – lo avverte il banconista. – Poi te lo vai a spremere direttamente in Africa.

– E va bene, – sospira Pirajno. – *'U nico* potrebbe essere un altro nome di copertura per la stessa persona. *'U nano* è un nomignolo che ultimamente ricorre in molte intercettazioni telefoniche, e tutte effettuate nella zona di cui stiamo parlando, viale Sacramento. Si riferisce a un personaggio di cui sappiamo poco, ma che nell'organizzazione criminale potrebbe aver preso il posto di...

– Scavone.

Pirajno sussulta.

– Devo fermarlo, davvero, – ribadisce Giovanni. – È

l'unica cosa che mi resta da fare, a questo punto. E mi rivolgerei a chiunque, pur di riuscirci. Mi crede, adesso?

Il poliziotto si appoggia allo schienale della sedia.

– Voglio crederti. Lo capisci che è difficile, però.

– E lei capisce che stiamo parlando di mio padre?

– Certo.

– Poi non vi lamentate se nessuno denuncia nessuno.

Segue un lungo silenzio.

– Anche questo è vero. C'è, come dire, una sfiducia generalizzata che... Ragioni bene, figlio di Vetro –. Pirajno indica il suo bicchiere di succo d'ananas, pieno. – Questo non lo bevi?

– No.

– Lo prendo io –. Lo svuota in un sorso, poi si asciuga le labbra tamponandosele con un tovagliolino, che accartoccia e butta per terra.

– Che altro hai sentito in quella casa, ragazzino?

Giovanni gli racconta il resto.

Pirajno si merita in pieno l'aria da duro con cui beve i suoi succhi di frutta. Decifra tutto con la prontezza di un enigmista. I segni, le mezze frasi, gli indizi.

Quella stessa notte uno Starsky dubbioso, sempre piú ragnateloso, lo fissa di nuovo dallo specchio massaggiandosi la gamba che gli fa un male cane. Si cava un dente marcio e gli chiede com'è andata. – A qualcuno devi pur raccontarlo. Sputa il rospo, su.

Giovanni si strofina gli occhi. Ma Starsky è ancora lí.

– Che c'è, ragazzo? Un gatto ti ha mangiato la lingua?

– E va bene. Ecco che cosa ho saputo. La frase al telefono, «quando quello muore», si riferisce al decesso di un boss del quartiere Sacramento –. Giovanni sospira. – E ai cambiamenti al vertice che stanno per accadere.

– L'ha detto lo sbirro italiano?

– Sí. Sulla base di quello che ho visto e sentito io.

– Mmmmh.

– Il tizio con la canottiera prenderebbe il potere, se non fosse per suo fratello, *'u nano* – o meglio *'u nico* – che è pronto per comandare. Infatti, mio padre a lui deve rendere omaggio, consegnando quel cazzo di pacchetto.

– Non fa una piega.

– Mi prendi in giro? Dovrei essere io a non credere che sto parlando con il superstite di un telefilm.

– Ok, ok... non scaldarti, amico. Raccontami della sala corse sotto casa di quel Canottiera.

– Roberto Pirajno sostiene che è il posto per gli incontri. *I summit*, li ha chiamati. Lí, forse, si decide anche chi deve ritirare certi carichi all'aeroporto o al molo.

– Uh-uh.

– Mio padre... – Giovanni abbassa la voce. – Mio padre, incosciente com'è, sta passando dal gruppo perdente a quello in ascesa. Di solito, in questi casi, o fai lo schiavo o ti ammazzano.

– Ma il tuo amico che trinca succo d'ananas metterà fine a questa storia, suppongo.

Giovanni si tasta la fronte. Deve avere la febbre. – Pirajno mi ha stretto la mano. Domani ci sarà anche lui, prima all'aeroporto e poi in viale Sacramento. Mi ha promesso che a mio padre non farà mettere le manette.

– Quello che resta della sua dignità. È l'unica cosa che ti importa, vero, ragazzo?

Giovanni non risponde subito. Lo specchio tremola davanti ai suoi occhi, è l'effetto delle lacrime improvvise. Anche se ha gli occhi chiusi. Anche se è un sogno.

– Il male... se non lo vedi, non esiste, – sussurra. – Era una bella risposta a tutto, no? – Giovanni tira su col naso. – Domani non mi importerà di aver vinto la sfida. Voglio solo guardarlo in faccia e restituirgli quella sua frase legata a un guinzaglio. Voglio che lui inciampi su ciascuna di quelle parole, e che lo mordano. Magari sarà per un istante, un millesimo di secondo: non mi interessa, ma ne varrà la pena –. Si asciuga le guance. – Pirajno verrà da solo ad arrestare lui e quegli altri.

Starsky sussulta: – Che cosa?

– Da solo. Niente pattuglie, niente colleghi. Chiamerà i rinforzi soltanto se necessario. Non si fida di nessuno.

– Cristo santo.

– Sarà meno doloroso per tutti.

– Oh, Cristo! Diocristo santo...

– Non vedo che cosa ci sia di strano.

Starsky, indietreggiando, esce di scena.

Suo padre entra nella camera in un momento della notte a metà strada verso l'alba.

Urta qualcosa e non la raccoglie nemmeno. Giovanni si aspetta che parli. Giovanni *vuole* che parli. Il contrario sarebbe terribile.

Lo è.

Rimangono immobili, al buio, in silenzio. La pioggia estiva scoppiata all'improvviso parla per loro. Nessuno dei due finge.

Giovanni non fa finta di dormire: sta a occhi aperti, disteso sul letto. Papà non vuole far credere di essere entrato nella sua stanza per discutere. Nessuno dei due ha acceso la luce.

Papà respira forte da un angolo della stanza. È in piedi, con le spalle rivolte alla finestra. Non gli si vede la faccia. I lampi del temporale ogni tanto gli leccano una parte del viso, gliene masticano un'altra.

Respira e lo guarda.

Per tutta la notte, come fanno i brutti sogni.

Starsky e Hutch

Roberto Pirajno fa una serie di segni convenzionali che non gli ha spiegato prima. Si gratta una caviglia, forma un tre con le dita e le stringe in un pugno, quindi si batte due volte la spalla sinistra. Giovanni al suo posto avrebbe semplicemente indicato la strada da dove suo padre arriverà fra un quarto d'ora e scenderà dalla macchina con una scatola. Ma va bene lo stesso, si sono capiti.

Alla finestra della cucina di viale Sacramento il ragazzo in canottiera tende i pettorali. Si affaccia e rientra. Traffica con una padella. Si riaffaccia. Guarda la strada arrostita dal sole delle due. Sputa.

Giovanni schiva lo sputo e si rannicchia dietro le solite macchine parcheggiate. Guarda la chiazza di saliva rappresa sul marciapiedi. Non è l'unico ad avere la bocca piena di sabbia, si accorge. Non è l'unico a sentirsi una mano che gli scava dentro e gli mette lo stomaco al posto del cuore. Lui e il tizio in canottiera condividono l'ansia dell'attesa.

La terza finestra del pianoterra ha sempre la serranda abbassata a metà e la tenda che scherma la luce, la lampada è accesa. Dall'interno si sentono dei suoni convulsi, sembrano calci. O libri che cadono. Un'ombra esile, di bassa statura, va avanti e indietro, spostando aria e sollevando la tenda al passaggio.

'U nico. Sempre piú nervoso.

Qualche minuto dopo, Giovanni riconosce il raschio della Centoventiquattro di suo padre. Eccola che arriva su viale Sacramento, resuscitata in fretta, ruote comprese. La mano che si è annidata nello stomaco di Giovanni gli tira all'improvviso il cuore e lo fa sbattere contro lo sterno, come una palla attaccata all'elastico.

Vede suo padre scendere dall'auto e avanzare con la scatola appoggiata sul petto. Non può fare a meno di ricordare centinaia di altre scene della sua vita, simili a quella e infinitamente migliori. Se quegli istanti fossero una pellicola e si potessero riavvolgere, Giovanni li girerebbe all'indietro, fino a farsi gonfiare le dita. Vedrebbe quello scatolone senza colore camminare a rovescio, rimpicciolirsi, mentre gli strani buchi dai quali cadono fili di paglia si richiudono. La scatola di carta incolore si trasformerebbe in un pacchetto lucente, un regalo per lui.

Poi il film scorrerebbe in avanti: *un bacio a papà, prima. Che cosa è? Apri. Che bello! Ora siediti a tavola, ci giochi dopo.* La voce di suo padre con molti anni di meno, l'entusiasmo di un Giovanni con quintali di ingenuità in piú: quando i morti non camminavano e i vivi non morivano.

Lo scatto del portone lo fa sussultare. Dal marciapiedi opposto, Pirajno solleva la testa e mostra una faccia color terra, le narici dilatate.

Papà spinge l'anta con un calcio: tutte e due le braccia sono occupate a sorreggere la scatola bucherellata. Sembra invecchiato di secoli. Un facchino stanco che odia le consegne.

Il ragazzo in canottiera sa che Vincenzo Vetro è arrivato ancor prima che bussi alla porta. Butta nel lavello qualcosa che fa rumore, impreca per il ritardo e va ad aprire. Dietro la finestra mezza chiusa, *'u nico* si ferma all'improvviso. Si vede la sua sagoma al di là della tenda, in trasparenza. Lo chiamano *piccolo*, ma ora la luce lo ingigantisce sul tessuto.

Pirajno si sta grattando un'ascella. In realtà ha slacciato la fibbia della fondina, con una mossa da violinista. Giovanni scorge la pistola.

Se gli fai male ti ammazzo, pensa d'istinto.

Un pensiero altrettanto indispettito va a suo padre, che è entrato nell'appartamento, bacia il ragazzo in canottiera e obbedisce al suo dito che gli fa segno di sedere in cucina per aspettare. Come un cane.

Giovanni aggira l'automobile, oltrepassa gli alberi e raggiunge la siepe condominiale. Conficca le dita in quelle foglie grasse, piene di succo.

Non implorarlo, prega mentalmente. *Non dargli anche questa soddisfazione*.

– Come, non glielo porto io? – chiede suo padre al giovane che intanto gli ha strappato la scatola dalle mani.

– Prima vedo se vuole accettarla, da te.

– Non gli hai parlato?

– No. Era nervoso. Lo devo abituare all'idea che sei tornato –. Sbircia l'interno della scatola attraverso un foro. – Minchia. È una cosa grossa.

– Che faccio?

– Ti chiamo io quando è il momento, Viví.

Scatola e tizio escono dalla cucina. Dalla terza finestra arriva il suono di colpi a una porta. Pirajno si muove. Giovanni si sposta lungo la siepe, fino alla tapparella semichiusa. Con la coda dell'occhio coglie la corsa di Pirajno verso la stessa direzione. La pistola dalla fondina è passata nella sua mano. La tiene appoggiata allo stomaco, mentre avanza, in punta di piedi. Si ferma a cinque o sei macchine di distanza da lui. Giovanni alza una mano. «Aspetta», sillaba, senza voce. Non sa perché, ma lo fa. Pirajno non sa perché, ma obbedisce. Però si sbatte la pistola contro una coscia, ritmicamente, mostrando impazienza.

Altri colpi secchi alla porta della terza stanza accompagnano quel movimento.

Giovanni sente la voce del ragazzo in canottiera che si rivolge alla persona chiusa lí dentro: – Sono io. Apri.

Silenzio.

Suo padre intanto si è alzato dalla sedia della cucina. Va verso quella porta, ci ripensa, si risiede.

– Mi stai facendo morire, *nico*, – lo sente dire Giovanni.

– Ti è arrivata una cosa dall'aeroporto, – insiste il tizio in canottiera, bussando ancora a quell'uscio che non si apre. – La vuoi vedere o no?

Roberto Pirajno fa uno scatto, attraversando la pausa di silenzio che segue quella domanda. Avanza verso un albero. È piú vicino a Giovanni, ma non abbastanza da vedere l'interno della casa.

Nello stesso istante, la piccola sagoma si muove dietro la tapparella mezza abbassata. Il suo è un vagare incerto, che esplode in uno sfogo improvviso. Una mano colpisce la tenda. Nella camera cade qualcosa con un tonfo, poi passi decisi. Una chiave gira e una porta si spalanca di scatto, la tendina si gonfia. Nella stanza celata si aggiungono i contorni del ragazzo in canottiera, che richiude la porta e si ferma davanti all'ombra piú piccola.

– La vuoi o no? – dice agitando la scatola.

Silenzio.

– Avanti. Poi ti dico chi te l'ha portata.

Silenzio.

Il tizio in canottiera scuote ancora la scatola, con impazienza.

– Senti, non si può continuare cosí. Sono tuo fratello. O mi parli o io...

La sagoma piú bassa attraversa la stanza e si avventa sulla scatola. Giovanni sente le sue dita che frugano il cartone e tentano di strapparlo.

Suo padre sussulta in cucina.

Pirajno non reagisce. È quasi sotto la finestra, ora. Sta fissando la tenda e la serranda che la copre, immobile come se non esistesse altro. La canna della pistola gli sbatte sempre piú velocemente sulla coscia. Le sue palpebre calano e si rialzano dagli occhi con una lentezza che lo fa sembrare mezzo addormentato.

– Aspetta –. È di nuovo il giovane in canottiera a parlare. – Che vediamo con questa luce? Apriamo la serranda.

Le dita di *'u nico* si fermano di colpo. Il rumore di cartone si spegne.

– T'ho detto di stare tranquillo, – aggiunge con voce implorante. – Non c'è nessuno, fuori. Ho controllato. La alziamo la serranda o no?

Silenzio.

Deve essere stato un sí. Perché la tapparella della terza stanza si solleva fulminea, mostrando l'interno, con un frastuono che somiglia a un urlo.

Forse Roberto Pirajno è troppo distratto o nervoso per guardare bene, ma Giovanni no. Giovanni ha visto abbastanza film e rincorso tanti di quei pensieri veloci da sapere che le immagini raccolte nei pochi secondi che precedono il caos hanno un ordine che bisogna seguire.

Suo padre che si alza di scatto dalla sedia della cucina e si asciuga gli occhi.

Il libro sulla scrivania della stanza di *'u nico*, che si intitola *Rettili*.

Il tizio in canottiera che si piega sulle ginocchia e allarga le braccia, come per accogliere qualcuno.

E alla fine lui, il piccolo. Che non corre incontro al fratello. Che si volta proprio nella direzione di Giovanni e si blocca, dimentica la scatola enorme che lo aspetta al centro della camera e lo guarda fisso dalla finestra. Poi spalanca la bocca, e dai suoi denti minuscoli, macchiati di giallo dove manca il calcio, esce uno strillo sottile.

'U nico, il piccolo, non avrà piú di dieci anni. Forse deve ancora compierli.

Pirajno scatta, ma non è abbastanza veloce da impedire a Giovanni di avvicinarsi alla finestra, vacillando, incespicando sulla siepe, rialzandosi, quasi ci fosse un filo a tirarlo.

Il tizio in canottiera adesso è cosí vicino da rivelare

quanto somigli al bambino chiuso nella stanza. E a Giovanni. E a suo padre.

Stesso naso.

Stessa bocca.

Gli occhi, no. Giovanni li ha pieni di lacrime. Quelli di *Canottiera* invece guardano il mondo che gli si attorciglia addosso. Suo padre li tiene fissi su un punto invisibile.

'U nico li spalanca ancora di piú, su Giovanni e su Pirajno che gli corre dietro, verso la siepe.

La sua voce si è fatta piú stridula, e accompagna la mano che afferra il libro sulla scrivania e lo scaglia verso la finestra. Giovanni non si sposta. Si lascia colpire su una spalla. Non sente nemmeno il peso che lo ha centrato. L'unica cosa che gli riesce di fare è abbassare lo sguardo, perdersi sulla pagina dove il libro, cadendo, si è aperto, e scrutare la fotografia di due lucertole vecchie come il mondo che si accoppiano, le lingue color carne morta.

Il tizio con la canottiera barcolla, ruota la testa come se non avesse capito una virgola di quello che è appena successo. Ha uno scatto quando il bambino gli passa davanti, di corsa: cerca di fermarlo, allunga le braccia, non ci riesce. Giovanni invece ce la fa a vederlo sfrecciare, arrivare in cucina e spostare suo padre con una spinta, raggiungere la stanzetta d'ingresso e poi sbucare nel riquadro del portone. Per qualche istante, *'u nico* resta bloccato sul primo gradino della rampa che porta ai piani di sopra. Dopo prosegue, di corsa.

Roberto Pirajno irrompe come una fiammata. Non ascolta le urla di Giovanni, né le imprecazioni del tizio in canottiera che se lo vede piombare addosso dalla finestra, e nemmeno le voci allarmate che cominciano a serpeggiare dentro la tromba delle scale.

L'unica cosa che gli importa è abbozzare una mossa di karate sullo stomaco di *Canottiera* e avventarsi sulla scatola. Che deve contenere armi, droga, esplosivo o qualsiasi altra cosa l'agente Pirajno speri di trovarci dentro.

– Corrigli dietro tu.

Giovanni non sa nemmeno come c'è arrivato, dentro il portone.

Quando si è deciso a rincorrere *'u nico*, ha avuto la sensazione che gli si strappassero legacci su legacci in altrettante parti del corpo, compresi il cuore e il cervello. E faceva male. Male.

Poi si è schiodato dalla strada dove era rimasto immobile, in ginocchio, lo sguardo perso sul libro di serpenti e lucertole. Aveva voglia di vomitare.

Pirajno, nella stanza, ha colpito ancora una volta il giovane in canottiera, sbattendolo contro la finestra. Gli ha urlato: – Fermo lí, polizia! – e si è ributtato sulla scatola. Il raspare delle sue dita che sfrangiavano il cartone si è mischiato a quello dei passi di Giovanni che correva verso le scale.

Suo padre era appoggiato alla ringhiera della prima rampa, giallo in faccia, una mano compressa sul petto, quando lui lo ha raggiunto. Ha evitato quasi subito lo sguardo di Giovanni, spostando il proprio sul corrimano di metallo che si annebbiava al soffio del suo fiato.

– Io non ce la faccio, – ha ansimato. – L'ascensore non funziona. Vacci tu.

I loro occhi si sono incontrati.

– Vacci tu... – ha ripetuto suo padre.

– Come si chiama?

– Daniele.

Giovanni è indietreggiato, si è voltato di scatto e ha preso a salire i gradini. – Daniele! – ha chiamato.

Lo stesso naso, gli cantilenava una voce nella testa. *Lo stesso naso e la stessa bocca*.

– Daniele! Aspetta!

Daniele è stato veloce ad arrivare in cima. Giovanni ha conservato per un attimo negli occhi l'immagine delle sue caviglie bianche che guizzavano nella corsa, i muscoli che infossavano la pelle con forza disperata, come per masticare gli attimi della fuga. Ha sentito Daniele aprire una porta di ferro mentre era a metà dell'ultima rampa. Lo ha sentito anche lottare con il battente che resisteva, a calci, a strilli.

Stesso naso stessa bocca stesso...

Il bambino ha raggiunto il terrazzo.

A lui adesso manca una manciata di gradini.

Daniele, *'u nico*, sfreccia in mezzo alle lenzuola stese e a piccole tempeste di polvere, dentro quel suo pigiama troppo largo che lo fa sembrare enorme e poi minuscolo, muscoli di vento, caviglie magre, lacrime lucenti, un bambino di...

Vetro.

Verso il bordo della terrazza.

– Ma chi minchia sei? Che minchia vuoi?

Entrambi, il tizio in canottiera e Pirajno, un giorno avranno voglia di tagliare nel montaggio questa scena che si sta svolgendo al pianterreno, le loro voci fuori campo.

Giovanni ne scoprirà i dettagli dalle chiacchiere della gente del palazzo. Sarà l'unico a non riderci sopra.

Il tizio in canottiera si tiene il naso e poi la pancia, per capire quale dei due gli sta facendo venire fuori quella voce fina, da castrato, spezzata dal pianto.

– Che minchia cerchi a casa mia? Ah? – Si gira verso la porta. – Viví! – strilla.

– Zitto, sacco di merda! V'aggiusto io, a te e a Viví, – grida Pirajno.

– Vivíííí!

– Zitto o ti sparo!

Pirajno fa la mossa di puntare una pistola, ma l'arma non c'è: la sta mimando con pollice e indice.

Il giovane in canottiera non ci bada: si rannicchia in un

angolo, si copre la faccia e dice «no» da una gabbia di dita coperte di anelli.

Il poliziotto riprende a sfondare la scatola. Dentro c'è paglia, ci affonda le mani.

– Come cazzo l'avete avvolta, la roba?

– Ma quale roba... tu sei tutto cret... No!

La pistola di dita è scattata di nuovo.

– Guarda che io non scherzo, – ansima Pirajno, agitando una mano piena di stoppia verso il giovane. – Ti faccio tre buchi in quella specie di trumò che hai al posto del petto. Tu devi aprire bocca solo quando mi porti da *'u nano*. Credi che non l'ho visto scappare dalla stanza?

– Ma quello era mio fratello piccol... – Il ragazzo in canottiera si alza di scatto. Forse si è ricordato che dovrebbe correre dietro al bambino.

– Fermo, Cristo! – Pirajno allunga la gamba, lo colpisce a una caviglia, lo fa cadere. – Il piccolo, *'u nico*, *'u nano*... – aggiunge, poco dopo, guardandolo fisso. – Chi se ne fotte dei nomignoli...

– Ma non hai capito...

– Sempre soggetti pericolosi siete. E piú siete nani e piú fate danno. Prendi un bestione come te che si fa comandare da un soprammobilino come quello.

– Stai combinando una minchiata. Mi vuoi ascoltare?

– Quando ti interrogherò –. Pirajno solleva ancora il braccio.

L'altro si rannicchia. – Non sparare!

– E tu smettila di distrarmi.

– Qui dentro c'era solo il bamb...

– Tanto in galera ci vai lo stesso –. Pirajno scartabella la scatola. Si ferma. Esulta. – Qua ti voglio. Lo sapevo. Il doppiofondo di legno! Siete fottuti.

Mentre le sue unghie schiodano la tavoletta, con lo sguardo torna sul giovane accovacciato nell'angolo della stanza. Affonda le dita nella scatola. Sotto la paglia sfiora una cosa fredda. Appena un tocco.

– Un nuovo modello di mitraglietta, eh?

– Ma che cazzo dici, lí dentro c'è...

– Lo so io –. Pirajno non abbassa gli occhi. Si fida delle proprie mani. Il contenuto della scatola diventa molle al tatto. – Doppio carico, – sbuffa. – Armi e droga.

– No!

– Non c'è nemmeno bisogno di controllare. Cornuti! Avete rovinato la nostra bella isola. Per questo ammazzate la gente onesta a tradimento. E qua... che tocco?

– Stai attento...

– Fammi indovinare. Che batte, qui? Tu-tump-tutump. Un orologio? Un bel Rolex da venti milioni per *'u nico*?

– Fai piano!

– Ma guarda come ci tiene alla sua roba, questo bastardo. Senti che schifo. Pare di maneggiare una cosa morta –. Il polso di Pirajno si ferma in mezzo alla paglia. Gli è sembrato di sentirsi sfiorare a sua volta, lí dentro. Ma dev'essere l'emozione. Deglutisce: – Schifosi. Disgustosi. Fate venire la nausea –. Le sue dita riprendono a tastare, seguendo il ritmo delle parole che gli vengono dal cuore, dall'anima che si ribella: – La nausea. Come un pezzo di pesce surgelato... – Palpa ancora. – Come un'unghia... – Ritorna al punto che aveva toccato prima. – È che finora vi abbiamo preso sempre per la coda. Aspetta che troviamo la testa. La testa, sí. E se ve la stacchiamo, col cazzo che vi ricresce. Per voi è finita, non potrete piú mord... Aaahcazzoè!

Urlando, Pirajno fa un salto all'indietro, scuote un braccio, allunga l'altra mano verso la cosa che è balzata fuori dalla scatola. Sotto le sue dita si allarga a scatto una specie di ventosa piena di vene.

– ... cazzo è?

Il poliziotto comincia a saltellare per la stanza prendendo a manate quella bestia con il collo gonfio che scodinzola velocissima, aggrappata alla sua spalla.

– Che minchia...?

– Non me la tirare addosso! – urla il tizio in canottiera.

– Mi ha addentato una mano!

– Afferrala! No, dall'altra parte!

Pirajno indietreggia e rotola accanto a *Canottiera*. Agguanta alla cieca, tira, strappa. In pugno gli rimane un moncone di coda che sbatte come un tergicristallo. La butta via e si pulisce la mano sulla camicia. Rotea l'altro braccio, mentre gli artigli gli sprofondano nella stoffa del giubbotto.

– Non me la tirare...

– ... addosso! L'ho capito, porca troia! Ma non si stacca! Figlia-di-butta-na! Levati!

L'iguana verde, sbalzata dal gesto brusco, vola e ricade sulla scrivania facendo rotolare un bicchiere pieno di colori a spirito. Rimane lí, davanti ai due uomini, come inamidata e messa in vendita. Sembra una scultura di legno, a parte le fauci aperte che emettono un soffio continuo. Il cappellaccio di carne che le circonda il collo va ammosciandosi, diventa una coppola rugosa, un lembo si appoggia al lato di una teca di vetro ancora incellofanata, sul bordo della scrivania di *'u nico*: tra libri, giocattoli e altri regali mai aperti.

Il tizio in canottiera fissa Pirajno. Pirajno non osa alzare gli occhi da un pennarello che sta smettendo di rotolare sul pavimento. Prova a muovere una gamba. Sente dolore. Deve essersi strappato qualcosa, nel trambusto. O forse è il colpo della strega. Sarà dura anche soltanto alzarsi, da lí. Sarà dura anche pensare, da quel momento in poi. E l'iguana lo guarda.

– L'avete denunciato questo rettile alla dogana? – azzarda alla fine, con voce spenta.

Il richiamo disperato di Giovanni, dall'alto, gli risparmia la risposta che si merita.

Giovanni vorrebbe urlare: *fermati!* Ma intuisce che servirebbe soltanto ad accelerare la corsa di Daniele. Allora corre anche lui, perché sente di aver spezzato qualcosa, e forse è ancora in tempo per riannodarla. Cerca di pensare a quello che si può dire a un bambino che ti assomiglia. Che nessuno gli farà del male, per esempio. Che deve fidarsi. Ma la sua voce è troppo debole, e il bambino con il pigiama non può sentirla. Quando il vento si abbassa, si avvertono i suoi passi che strisciano, impigliati nelle falde dei calzoni troppo lunghi.

Giovanni trova la forza per raggiungerlo prima che può, sfidando la stanchezza delle gambe dopo la scalata di dieci piani. È suo padre piú giovane di quasi cinquant'anni, quello che sta inseguendo, si dice. Suo padre o un sosia di se stesso, e non deve permettergli di sparire prima che possano parlarsi.

Il terrazzo è un inferno bianco, riverniciato dal sole, spazzato dal vento, gonfio di federe e di lenzuola. Daniele emerge all'improvviso da dietro un telo a fiori, si difende gli occhi con le mani. Giovanni è piú rapido, abitua lo sguardo a quella luce accecante e riesce ad aggirare il bambino, orientandosi meglio di lui tra i panni stesi. Le corde sono dappertutto, in fila ordinata, stoffe e biancheria veleggiano fino al cornicione del terrazzo.

Dietro una trincea di bucato che levita e ricade, Giovanni scorge il vuoto: un frammento di circonvallazione oltre l'inferriata, gli scavi come una vena aperta, gli operai e i bulldozer-insetti che masticano dentro la ferita. C'è una ringhiera troppo bassa a protezione della terrazza condominiale.

Daniele è lí, ma con una mossa improvvisa mulina le gambe e gli riappare alle spalle. Giovanni si volta e azzarda un movimento nella sua direzione. Il bambino sussulta e scarta di lato. Giovanni insegue con gli occhi e con un braccio teso la sua sagoma che scivola e si contorce, inghiottita dalle lenzuola.

– Non scappare! Voglio vederti meglio, – urla all'improvviso. La fuga del bambino continua.

Giovanni deglutisce.

Diglielo.

Si sforza di raccogliere aria nel petto.

Diglielo e fermalo.

La butta fuori, in uno strillo selvaggio.

– Quando ho paura, io non scappo.

Daniele si blocca. In silenzio.

Adesso Giovanni deve cercare di non farsi tremare la voce. Di pensare come pensa un bambino. Continuare con quel dispetto che non vorrebbe infliggergli, ma che è l'unica cosa che può fermarlo.

– Non scappo come un fifone, – ripete.

Daniele, le gambe dritte e immobili dietro una tenda appesa, stringe i pugni. Si gonfia in un respiro affannato che il suo torace magro quasi non riesce a contenere.

– Guarda, è salito anche Viví... – rincara Giovanni, quasi sputando quel nome ridicolo. Indica verso l'entrata della terrazza.

Suo padre ha appena varcato la soglia, ma è come se il vento gli impedisse di andare avanti. Se ne sta con la schiena appoggiata alla porta di ferro, la bocca aperta, la mano destra stretta sulla spalla sinistra. L'altra è sprofondata in una tasca dei pantaloni, come si fa quando si ha troppo freddo alle dita.

– Viví lo possiamo chiamare solo io e mio fratello. Tu no.

Giovanni si gira in direzione della voce. Daniele ha urlato quelle parole da dietro un panno umido. Il suo volto è una maschera con due incavi al posto degli occhi e una O rabbiosa invece della bocca.

– Tuo fratello chi? Canottiera?

– Si chiama Tommaso! Come mio nonno, il papà di Viví! – si ribella il bambino.

– Tuo nonno non lo vorrebbe un nipote che scappa.
– Che hai detto?

Daniele si slancia in avanti, pronto a sbattergli addosso. Giovanni si prepara ad afferrarlo. Le lenzuola scivolano sopra il bambino che avanza a testa bassa, come carezze pesanti. Daniele si ferma. Giovanni indovina un sorriso di dispetto. – Tommaso mi prende sempre quando corro qua sopra. E tu? Se non mi acchiappi... – Un lenzuolo crepita, copre il resto della frase. – Se sei forte come mio fratello mi devi acchiappare!

Giovanni si volta per un istante, distratto da suo padre che traballa e tossisce sulla porta della terrazza. Lo vede piegarsi sulle gambe. Per un momento, vuole credere che non sia solo la fatica a spezzargli le ginocchia e il respiro. Che sia qualcosa di piú grande, il peso di quello che ha combinato: tre famiglie. Una di mafia e due di vetro.

Daniele ne approfitta per sfrecciargli accanto.

– Prendimi, su!

Poi sbatte contro la ringhiera. Spalanca gli occhi perché da lí al vuoto ci sono soltanto quel pezzo di ferro arrugginito e un lenzuolo matrimoniale impiccato a una corda per stendere, a filo con il cornicione.

Allunga una mano verso uno di quei cavi, stringe le dita. Delle pinze di plastica girano e gli sbattono sul polso.

Poi la corda si tende di colpo. Daniele si è appeso al filo con tutte e due le mani, come un trapezista.

– Tu non lo sai fare, tu non lo sai fare, tu...

Sotto di lui, soltanto il bordo della ringhiera sulla quale è saltato.

La stoffa plana davanti agli occhi di Giovanni e si risolleva. Come una raffica di fotogrammi bianchi, maligni, cancella e ridisegna il bambino sospeso sulla città.

Giovanni tende le mani, le agita come se volesse strappar via il lenzuolo che gli veleggia addosso un'altra volta e che, quando il vento lo sposta, scopre una sagoma da ginnasta pronto all'esercizio estremo.

– Fermo! – implora.

Daniele adesso è piegato come una freccia, le braccia tese sulla corda, le gambe dritte e piantate contro il cornicione, il bacino inarcato che si offre al precipizio.

– Forse tua mamma ha paura di cadere! – urla. – La mia invece questo lo fa sempre. L'hanno fermata tre volte, ma lei non ha mai avuto paura. E nemmeno io! Nemmeno io!

– Vieni giú di lí, – implora Giovanni.

– No, vieni tu qui!

– Daniele! – È la voce di Vincenzo Vetro a urlare. Forse il bambino si è voltato verso di lui. Forse ha detto qualcosa. Ma la risposta Giovanni non arriva a sentirla. È una frase velata dall'ultimo fotogramma bianco che si riabbatte su Daniele, che lo nasconde per qualche secondo e che alla fine si gonfia e tende le pinze, per volare verso il cielo.

BAMBINO CON IL PIGIAMA (*staccando una mano dalla corda da bucato che lo regge*) Lo sapevo che esistevi. L'ho sempre saputo, anche se Viví diceva di no. Anche se Tommaso insiste che straparlo, che la devo smettere. Che devo uscire dalla stanza ed essere forte come lui.

Dettaglio di un piede del bambino che scivola oltre la balaustra.

BAMBINO CON IL PIGIAMA (*incespicando, riacquistando l'equilibrio, tornando a guardare Giovanni*) Gli somigli. Proprio come me. Ma solo di faccia. Proprio come me.

Il suo polso comincia a tremare per lo sforzo di reggere il corpo alla corda. Il bambino rovescia la testa all'indietro, guarda le dita e la corda, stringe i denti e torna a fissare davanti a sé.

BAMBINO CON IL PIGIAMA (*trattenendo a stento le lacrime*) Io sono quello strano. Si vede, no? Mio fratello è quello forte. Mia mamma è quella al manicomio.

GIOVANNI (*sforzandosi di non perdere la calma*) Io sono quello che fa le domande.

BAMBINO CON IL PIGIAMA Allora vediamo se sai rispondere a questa. (*Il suo ultimo sguardo è per Vincenzo Vetro, che si è appoggiato a una cisterna dell'acqua. Adesso è lui la forma indefinita dietro un lenzuolo steso, che continua a sventolare*). Papà chi è?

Poi le sue dita si staccano dalla corda, il pigiama frusta l'aria. Giovanni si porta una mano alla bocca. Al posto del bambino, solo la polvere che ha sollevato dal cornicione prendendo lo slancio, facendo leva sui piedi nudi.
La macchina da presa si avventa sulla balaustra, quasi a ripetere il salto di Daniele.
Uno dei lenzuoli messi a stendere plana sull'inquadratura, la copre.

Roberto Pirajno l'hanno visto di sfuggita, appoggiato all'albero da dove aveva preso la rincorsa per saltare dentro la casa di via Sacramento 4. Parlava da solo, ed ecco perché chi l'ha incontrato si è fermato a guardarlo piú del necessario, senza tirare dritto e correre nel punto in cui il bambino era caduto.

– E hanno ragione se mi dicono che sono un cretino, – borbottava. – Secondo me, stavolta tocca al capo di gabinetto. Già: è l'unico che non mi ha ancora strigliato. Che ci facevo qui, di mia iniziativa. Extra servizio. Che facevo? Non lo so. Tanto non diventerò mai come il vicequestore. Nemmeno se mi faccio crescere i baffi. Nemmeno se mi ammazzano. O forse...

Lo hanno visto sollevare un braccio in modo strano, con cautela, lentissimamente, come se volesse bere qualcosa da un bicchiere senza perdere nemmeno un goccio nel movimento. Ma al posto di un bicchiere c'era la sua pistola d'ordinanza. Pirajno se l'è portata alla bocca, lí, in strada, strofinandosi la canna sulle labbra come un rossetto, dicono. Poi se l'è appoggiata sui denti di sotto e ha chiuso gli occhi.

L'ambulanza per Daniele è arrivata in quel momento.

E il poliziotto, quasi che le sirene l'avessero risvegliato da un incubo o gli avessero dato la spinta definitiva per caderci dentro, ha cambiato idea. Ha abbassato l'arma. La bocca gli è rimasta aperta, però. Pirajno ha inarcato le sopracciglia.

– Io quel giorno c'ero, – gli hanno sentito dire mentre

si allontanava. – Pioveva, anche se era la fine dell'estate. E faceva freddo, qui dentro.

Forse si è battuto il petto mentre pronunciava quelle parole. Ma c'è chi sostiene che non era il petto. Era la testa.

Ora Giovanni sa che in questa città le risposte a volte sono una dissolvenza in bianco dopo una scena cruciale. Il resto, quello che rimane, non è mai meglio. Soltanto piú grigio, piú lento.

Però sussulta lo stesso appena il sole che l'ha abbagliato sul terrazzo sfuma nel buio. La sera scava il volto del giovane in canottiera, la sigaretta accesa illumina a vampate il suo naso gonfio.

Un medico esce dal corpo basso di cemento, sotto una croce al neon. Il neon. Fa sembrare morti anche quelli che aspettano la consegna dei morti veri. Rende tutto non solo grigio, e lento, eccetera, ma anche piú piccolo e infinitamente piú triste. Qui, adesso, fuori dall'obitorio dell'ospedale.

– Signor Lo Manto.

Il giovane in canottiera si alza. Prende un sacchetto dalla panchina. – Finalmente me lo fate vestire? – chiede al medico, serrando la mascella.

– Lo abbiamo ricomposto come abbiamo potuto. Mi dispiace. A questa età i bambini sono come il vetro, lei mi capisce. Ma... è solo? La madre...

– La madre non sta bene. Mi dica dove devo andare.

– Suo padre?

Tommaso Lo Manto si stuzzica il bottone nero che ha sulla bretella della canottiera. Riflette per un istante sulla risposta. – Era qui fino a poco fa. L'ho mandato a casa. Troppo dolore. Mi dica dove devo andare.

Entra nella palazzina, a testa bassa, senza nemmeno ascoltare il medico che ripete: – Mi dispiace.

Ritorna dopo mezz'ora, con il sacchetto vuoto. Ha gli occhi stropicciati. Si vede che ha pianto e che ha fatto di tutto per cancellare le lacrime. Si siede vicino a Giovanni e torna nella posizione di prima: le gambe allungate, i talloni appoggiati a un mozzicone di muretto davanti alla panchina.

Si accende una sigaretta.

– Ancora qui sei?

Giovanni non risponde.

L'altro si stringe nelle spalle. Lo guarda in silenzio. Lo studia.

– Lo spettacolo è finito per gli estranei, – aggiunge con voce debole. È come se non fosse quella la frase che voleva pronunciare, come se si trattenesse dall'approfondire una questione. – Tornatene a casa, o da tua zia. Non hai detto che ci abita tua zia nel mio palazzo?

Giovanni annuisce. La bugia che ha raccontato per giustificare la sua presenza è stata cosí veloce che forse con Tommaso ha funzionato davvero.

Restano zitti per un po'.

Tommaso continua a guardarlo tra una boccata di fumo e l'altra. – Vabbè. Fai come ti pare, rimani. Ci sei stato di aiuto, grazie tante. Ma ora che vuoi? La pensione? – Lo osserva ancora. – È tardi.

Giovanni si limita a scuotere la testa.

– Non devi andare a lezione, tu, domani? – chiede Tommaso.

– Chi ti dice che vado all'università.

– Si vede. Fidati che si vede.

– E tu?

La sigaretta rosseggia nel buio.

– Studiare non era cosa mia. Bella maglietta.

– Tiene troppo caldo.

– È perfetta per gli allenamenti. Per sudare quando vai in palestra.

– Non ci vado, a fare sport.

– Bravo. Cosí arrivato a trent'anni ti riduci una merda. E il primo che passa ti può cacare in testa. Minchia... a casa non ti hanno insegnato niente?

C'è un'altra pausa di silenzio.

– Quel bottone nero, – dice Giovanni. – Per chi lo porti?

Tommaso si stiracchia.

– Che sei, uno sbirro pure tu?

– No. Curiosità.

– È morto uno, – risponde Tommaso sgranchendosi il collo. – Ha cercato di farmi da padre –. Si rigira la sigaretta tra le dita, fissa la punta incandescente, ci soffia sopra. – Com'è prendere un bel voto a un esame?

– Normale.

– Normale. Poi non ti senti forte?

– Non lo so.

– È come quando fai una promessa e la mantieni, no? Niente chiacchiere, è una cosa che vedi, la vedono tutti, e quindi esiste.

Giovanni ha un brivido. – Sí.

Tommaso sfiata fili di fumo. Indica a Giovanni il neon, la porta di ferro, l'obitorio: – Quella creatura là dentro non l'ho protetta, capito? Dovevo farlo, l'avevo promesso e non è andata. E dire che si sapeva. Che ti pare, che un bambino non può nascere con dei problemi? Voleva essere unico. Avere tutta l'attenzione. E proprio quando gliela dovevo dare... – Tommaso inghiotte. Niente lacrime. Occhi lucidi, il collo stirato nello sforzo di non cedere ai singhiozzi. – Ora non posso piú parlare, – riprende. – E nemmeno pretendere. Mi tocca solo stare zitto. Perché ho fatto la figura dell'uomo da niente. Altro che fratello maggiore, sono stato: un figlio di merda.

– Hanno lasciato tutto sulle tue spalle, – azzarda Giovanni.

Tommaso non lo ascolta. Tira dritto con il suo discorso: – ... ma con Viví ci posso ancora discutere. Lo capirà che è stata una distrazione. Se lui...

Giovanni scatta su dalla panchina, gli si pianta di fronte: – Senti, parliamoci chiaro. Nostro pa...

Il giovane in canottiera solleva la testa di colpo. È come se avesse morso a metà la parola che Giovanni stava per completare. E ora che l'ha sputata via, può andare avanti.

– ... se Viví ha detto che la situazione cambia, allora cambia davvero. Pure dopo quello che è successo. Mi dispiace per chi non ha colpa. Della moglie non me ne fotte niente. Può anche crepare attaccata al telefono. Si è fatto tardi, ragazzino. Vattene.

Lo guarda fisso. Poi abbassa gli occhi.

– Vattene, che tua *zia* ti sta aspettando in viale Sacramento.

Nello specchio dell'ingresso, stanotte, c'è Daniele. È tutto quello che è rimasto, sul vetro, dopo anni di sterco di mosche, giornate di sole, e sbuffi di panna, e Hutch, Starsky, George e Mildred.

Alle spalle di Giovanni, dietro la porta della camera dei suoi, una luce si è accesa e spenta molte volte. Lo sta facendo anche in questo momento, come per addentare e inghiottire il suono nervoso di un corpo che si rigira nel letto.

– E questo Lo Manto che è morto? – La voce di sua madre ha cambiato tono per sempre. Non è piú silenzio con sopra briciole di parole, come ai tempi delle trenta gocce di tranquillante dopo i pasti. Non è nemmeno un fiume che sgretola il silenzio, come nei giorni della fuga, della borsetta, del taxi mai preso e dell'incidente nel vicolo.

Se ci fosse una manopola per regolare il volume dell'odio, come in un televisore, sua madre ora starebbe sulla tacca di mezzo. Quella del perfetto equilibrio. Giusta dose di rivalsa. Giusta dose di vendetta. Esatto bilanciamento della crudeltà.

– Che faceva il vecchio Lo Manto? Stava a guardare? – sussurra aspra, ma non troppo. – No. Quei due ce l'hanno avuto un padre. A te dicevano che non contava niente, ma campavano anche alle tue spalle. Se avessi ascoltato le mie parole...

Papà è un fruscio sotto le lenzuola.

– E io? Quante ne ho sopportate? Sapere che ci hai fatto due figli, con quella... Due. E non stiamo parlando di chissà quanto tempo fa. Il piccolo era roba recente.

Roba.

– Allora doveva andarci pure la sottoscritta dal medico dei pazzi, come *la signora*, invece di prendere calmanti a casaccio. Ma tua moglie non si è mai piú mossa da casa. È rimasta ad aspettare, tua moglie. Da questo si vede quanto bene ti voglio. Da quanto ho resistito.

Il clic della lampada da comodino che si accende.

Un suono liquido, poi un risucchio.

La bottiglia d'acqua che Giovanni ha visto accanto al letto.

Il clic della lampada che si spegne.

– Certo, mi dispiace per il bambino.

Roba.

– Un volo da quell'altezza. Mi dispiace. Ma era suo fratello, quel bestione grande e grosso, che doveva stargli dietro! Non tu. Lui lo sapeva benissimo che il bambino era malaticcio, sempre chiuso nella stanza. Non farti imbrogliare, Vincenzo. Se dà la colpa a te, non crederci. Daniele l'hanno fatto nascere per incastrarti. Poteva finire bene? Le falsità si pagano, quando si va contro la legge di Dio e il suo sacramento piú importante...

Il quarto.

– ... il sacramento del matrimonio, Vincenzo. Ma prendi l'esempio dei tuoi amici alla Pasticceria Francese, Matteo e gli altri. Loro le hanno sempre rispettate le mogli!

Magari avevano l'amante, però fuori dal letto buongiorno e buonasera. Tu no. Tu dovevi incappare in una che non le bastava un marito, voleva pure quello di un'altra... grandissima...

Suo padre si rivolta nel letto con piú forza. Ma il movimento si spegne subito, è come se affondasse nei cuscini.

– Ti dà fastidio che la chiamo cosí? Pazienza. Mi hanno gridato di peggio, al telefono. E alla fine, delle due, chi c'è finita in manicomio?

Forse sua madre non sta ridendo davvero, adesso, ma qualunque cosa sia quella che Giovanni sente, un singhiozzo ben modulato o un sospiro di rivalsa o un rutto trattenuto in ritardo, gli sembra oscena: risuona nel negozio vuoto di Matteo, nel bar dove hanno ammazzato l'uomo con i baffi messicani, nella strada accanto al mare che un giorno ha grattato via l'ambizione di Nunzio e metà della faccia di Terry.

– Quanta roba sprecata, in viale Sacramento... Quanti dolci, quanti regali. E pensare che Matteo le cose le mandava a me e a tuo figlio, quello legittimo. Quando esce dalla galera, gli devo parlare. Glielo devo chiedere se l'appartamento nella zona nuova spettava ai signori Lo Manto. Come lo pagavano? Con i soldi di quella specie di marito che si grattava le corna? No, quella è farina del tuo sacco. Denaro che tu racimolavi in giro, regali e sudore della tua fronte. Via Sacramento, il grattacielo! Se la tengano, ormai, quella casa mezza vuota. Tanto si è aggiustato tutto. Niente piú guerre tra famiglie.

Il vetro si rompe. Il vetro si può incollare.

Lo specchio è quasi vuoto, adesso. Tranne che per il riflesso di Giovanni che stringe i pugni e vorrebbe distruggere l'immagine della casa alle sue spalle. I quadretti da tre soldi, i ninnoli, il televisore, il telefono.

– Il grande... Come si chiama? Tommaso? – riprende sua madre. – Nessuno ti impedisce di vederlo. Se proprio sei convinto che senza di lui non hai altro appoggio... Ma io al posto tuo riproverei alla Pasticceria Francese.

Giovanni sussulta. Lo stupore è piú forte della rabbia. Il disgusto piú dello stupore.

– Vorrei proprio vedere che amici importanti ha, questo Tommaso. Piú di quelli della pasticceria? Pensaci bene.

Un colpo di tosse di sua madre, per schiarirsi la voce e riprendere: – Se poi devi andare da lui e mettere da parte chi ti ha sempre rispettato, sei libero di farlo. Ogni tanto. C'è l'affetto, lo capisco. Forse una mano d'aiuto la può dare, Tommaso, non dico di no. Una raccomandazione, un posto in ospedale, un passaggio urgente in macchina, che ne so. Però lo chiami tu. Io la sua voce, qui da noi, non la voglio piú sentire. Basta con gli squilli a tutte le ore. Fai vedere che un uomo c'è, a casa Vetro.

La lampada si accende, rumore d'acqua, la lampada si spegne. Ma la lista degli ordini non è finita.

– Un minuto. Quello telefona lo stesso. È dispettoso. Mi sono informata alla Sip, non c'è da rifare il contratto e non si paga nemmeno troppo. Domani mattina sbrighi tutto.

Dall'altro lato del letto, un sospiro.

– Che cosa cambia? Tanto, appena gli chiedi qualcosa, il tuo Tommaso si mette a disposizione lo stesso. Se ti vuole bene come dice. Tu piuttosto: invece di stare impalato a casa ad aspettare i suoi comodi, *ciao-ciao Viví*, due parole e via, da domani esci. Passeggi, prendi aria, vai al supermercato per la spesa, insomma quello che fanno tutti i padri di famiglia, i pensionati. O no?

Silenzio.

– O no?

Giovanni sente per la prima volta la voce di papà, quella notte:

– Facciamo come dici tu, Maria.

– Mi sembri nervoso, Vincenzo. Vuoi provare le mie gocce?

– Pronto.

Dall'altro capo, il mormorio di un televisore sintonizzato sulla cronaca di una corsa di cavalli.

– Pronto? – Un attimo di incertezza. – Sei tu, Viví?

Per Giovanni è piú difficile di quanto immaginasse. Gli fa effetto pensare che sta chiamando lo stesso numero dal quale negli anni sono arrivate le telefonate anonime a casa sua: *quando quello muore*...

E Tommaso non lo aiuta: – Che cazzo di fine hai fatto? Sono giorni che da voi non risponde nessuno. Alle corse non c'eri. Se il problema è la macchina, passo a prenderti io.

– Senti, Tommaso.

– Ma chi parla?

– Svegliati. Papà ha fatto cambiare il numero di telefono. Non è piú quello, hai capito?

Un attimo di silenzio. Sorpresa. Dubbio. Ira.

– Figlio di buttana! Io vengo là e...

Ma Giovanni ha già riattaccato. Ora richiude l'elenco telefonico senza mettere il segno.

Nelle tasche del giubbotto gli hanno trovato una sciarpa, tre tagliaunghie, due pettini, le chiavi di casa. Non gli hanno controllato la tasca posteriore dei pantaloni, e da lí lui ha tirato fuori una videocassetta incellofanata, con un gesto di sfida, sotto il naso del direttore.

Ai sorveglianti del supermercato ha fatto un nome, Matteo, e loro non hanno capito. Ne ha fatto un altro, quello di un parente di Matteo, e loro hanno guardato verso fuori, oltre le vetrine, ma niente di piú.

Poi ha chiesto di telefonare.

– Vi faccio vedere io, – ha detto camminando tra le risate e i bisbigli della gente, verso l'ufficio della direzione. – Mio figlio viene subito, – ha aggiunto, muovendosi in modo strano, a testa alta, spostando con le braccia l'aria e le persone, come se il supermercato fosse cosa sua.

Ha composto il numero e pronunciato poche parole: – Tommaso? Qua dicono che ho rubato. Parlaci tu.

Ha passato il ricevitore a uno dei due guardiani in borghese del grande magazzino, e quello ha allungato la cornetta al direttore. Il direttore ha ascoltato, ha mugugnato *uh-uh, sí, sí, capisco*, e ha chiuso la conversazione.

– La persona che ha chiamato sostiene di non conoscerla, signor... – ha detto poi, mentre controllava la tessera azzurra da pensionato del Ministero. – Vice-sovrintendente Vetro, – si è corretto, strabuzzando gli occhi.

E subito ha spostato lo sguardo verso il basso, con un sussulto.

Verso il punto in cui papà è caduto, perdendo un pacchetto di rognoni freschi da un'altra tasca.

Interrompiamo le nostre trasmissioni

In ospedale i giornali qualche volta arrivano e ci restano. Se ne trovano abbandonati sulle panche del corridoio o nella saletta della tv. Li dimenticano i parenti in visita, soprattutto quelli che fanno le notti in bianco con i malati. Li dimenticano pure gli addetti alle pulizie. Cosí quei fogli se ne stanno a ingiallire sui sedili anche per settimane, come se aspettassero qualcuno che trovi una cura miracolosa alle brutte notizie che hanno raccolto. Serviranno ad altri parenti che arrivano, che aspettano, che fanno le notti.

L'edizione locale di tre mesi fa nomina due volte Vincenzo Vetro. In un articolo molto breve ma dettagliato, che racconta la scena del taccheggio al supermercato, e in un altro, piú ampio, che parla del processo che sta chiudendo la città in una specie di pugno. Nel secondo gli dedicano lo spazio necessario per il nome e il cognome.

C'è l'elenco di quelli che avrebbero ucciso, ordinato omicidi, trafficato, corrotto; e i nomi di chi avrebbe assistito a tutto questo recitando una particina pagata niente, un mezzo primo piano di pochi secondi, ma che ha avuto una sua utilità. Le macchine perverse non contengono ingranaggi superflui. Usano tutte le rotelle, anche quelle piú piccole. Vetro è tra queste ultime. O meglio, secondo il giornale, *sarebbe stato*.

L'uomo con la faccia familiare, in tuta da lavoro, che va su e giú per la corsia, ha letto piú di una volta l'articolo sul processo, seguendo le righe con un dito, soprattutto i nomi e i cognomi, come per ripassarli. L'unica altra notizia su cui ha perso tempo è quella che riguarda un latitante di poco conto, sfuggito a un agguato anni prima e che nel frattempo sarebbe diventato un pezzo da novanta.

Poi ha ripiegato il quotidiano ed è finalmente entrato nella camera a metà del corridoio, quella dove c'è papà: – Mi deve scusare per il ritardo, signora Vetro. Zio Vincenzo! Come va oggi?

Aveva promesso di sistemare i canali del televisore portatile che sta dentro la stanza, ed eccolo.

Tanino non ha mai avuto il dono di saper parlare sottovoce. Non lo aveva quando è venuto in casa, a regolare il primo televisore a colori, e non lo ha guadagnato adesso, dopo tanti anni.

È papà che parla piano, quando risponde al suo saluto. I medici gli hanno detto che se si sforza si possono riaprire le ulcere, e allora gli infermieri dovrebbero raccogliere un'altra volta sangue nero dal fondo del suo letto. E poi la trasfusione: l'ennesima.

La mamma porta avanti la conversazione con l'antennista, al posto suo.

– Si sieda, Tanino.

– Cinque minuti. Poi scappo. Ci ho mia mamma all'altro reparto che...

– Si sieda.

Lei e Tanino ne hanno a manciate di vecchie cose da raccontarsi. Millenovecentosettantasette. Bei tempi. Millenovecentottanta. Cosí cosí. E questo millenovecentonovantadue, adesso, che non promette niente di buono.

– Ah, i giorni che venivo a casa vostra... – dice Tanino.

– C'era piú rispetto.

– E le belle mangiate di dolci, signora. *Hai finito di aggiustare la lavatrice, Tanino? Beviti questo. Assaggia quest'altro*. Si ricorda?

– A qualcuno ha dato fastidio.

– Vero, signora. Vero.

Ancora i nomi sul giornale, poi. Nomi e cognomi, dopo tutti questi anni. Tanino è disgustato.

– Pare che gli abbiamo levato i chiodi a Gesú Cristo, noi. Processano...

– Denunciano.

– Indagano. Ma che indagano? La lasciassero in pace la gente che lavora.

– Si sa... quelli di Roma.

– Fanno tutto loro.

– E aumentano il prezzo delle gocce.

– Come?

– Aumenta tutto quanto.

– Proprio vero, signora. Troppo vero.

– E pure i giudici non hanno niente di meglio da fare.

– Verissimo. Consumano la gente. Come il mio povero fratello, per esempio. Le pare che l'hanno lasciato in pace? L'hanno messo in mezzo un'altra volta... – Tanino guarda papà. Forse spera ancora che possa fare qualcosa. C'è da ridere: quelli come lui, i pesci piccolissimi, mantengono il culto dei loro santi in terra. Anche di quelli minori, caduti, scorticati. Li vengono a trovare persino nelle loro cappelle d'ospedale.

– Magistrati, politici e giudici, – riattacca la mamma. – Se toccano mio marito, io...

– E tu? Non dici niente?

Giovanni risponde a Tanino con un sorriso senza colore.

– Ah! Mi ricordo quando eri alto cosí, – sospira l'antennista. – Che lavoro fai? Lo stesso mestiere di tuo padre? Ti sei arruolato nella polizia?

– Per carità! Studia. Poliziotto mai, – lo precede sua madre.

– Meglio cosí, – è la sentenza di Tanino.

Giovanni guarda l'orologio. Un quarto alle sei. Tra poco, a casa. Sua madre per conto proprio, lui al monolocale in cui vive da due anni. Va verso la porta che si apre sull'anticamera della corsia. Si ferma per dare un'ultima occhiata.

– Zio Vincenzo! – esclama Tanino. Sta battendo le mani, come si fa con i bambini assonnati. – Ma ci vogliamo alzare da questo letto? Ce lo dobbiamo andare a mangiare un bel piatto di pasta con le sarde dove sappiamo noi? Con gli amici!

– Magari! – s'infiamma sua madre.

Suo padre intanto ha aperto gli occhi. Forse sta per aggiungere qualcosa alla battuta di Tanino che nel frattempo si è messo a regolare la tv portatile, o al borbottio della mamma che spiegazza il giornale. Sarebbe bello che quel qualcosa fosse nausea, pensa Giovanni, o almeno stanchezza. Dopo tutti questi anni.

La bomba arriva in tempo per coprire le parole di suo padre, per mozzare le parole di chiunque.

Nell'anticamera del reparto c'è un televisore appeso al muro. Tutti smettono di fare quello che stavano facendo e guardano in alto. Giovanni si avvicina.

È la prima volta che si vede una cosa cosí sullo schermo, senza salti d'immagine, senza possibilità di equivoco, senza ombre.

Da lontano, sono come i resti di un pranzo finito male.

– Falcone, – dice qualcuno. Giovanni non sa chi, perché la parola scivola di bocca in bocca: – Come no? Le macchine, la scorta. È Falcone.

L'autostrada non sembra piú un'autostrada. È un pesce che si è capovolto sul vassoio. Ha sparso viscere da uno squarcio, ha sbalzato tutto quello che ci stava sopra.

Sul tronco di un albero si è attaccato un rettile. Se guardi meglio, è la carcassa di una macchina. Ci sono altri relitti, coperti con teli che hanno il colore delle divise dei soldati in guerra. Un elicottero sorvola la zona.

Tutti a testa in su, parenti, malati. Le facce, in ospedale, somigliano a quelle della gente che barcolla in televisione, là, intorno al cratere nel catrame, lungo le linee di vernice spezzate, sulle colline di terra smossa dallo scoppio.

Anche quelli con la faccia piú cattiva sembrano confusi. – Minchia, – dicono.

Nella stanza dove papà comincia a respirare peggio, la mamma sta guardando la centoventesima puntata di una storia d'amore.

Giovanni entra di corsa, cambia canale, gira il televisore verso il letto di suo padre.

Si siede e aspetta.

Ti ho guardato negli occhi finché è durata. Tanto. Poco. Non so. Poi te ne sei andato. Davvero. Ho spento il televisore. Ho spento tutto. Ti ho asciugato una guancia. La mamma dice che erano lacrime. Che cosa fossero veramente, io me lo chiedo ancora.

Nota dell'autore.

Le esigenze narrative di questo romanzo non sempre sono andate d'accordo con i fatti concreti e le date. Mi riferisco ai dettagli sul film *Zombi* di George A. Romero di cui ho citato alcuni passaggi: probabilmente la distribuzione della videocassetta dell'opera non è avvenuta nel periodo in cui è presentata qui, e cosí anche la trasmissione del film su una tv commerciale nazionale. Mi auguro che sia una libertà perdonabile, insieme a eventuali altre inesattezze.

Voglio ringraziare due cari amici e colleghi, Gery Palazzotto e Roberto Ruvolo, per il sostegno e i consigli. Roberta Oliva, la mia inarrestabile agente. Paola Gallo per lo sprint finale. Silvia Amelotti, Fernando Fazzari, Marina Fecarotta, Romina Formisano, Sara Geraci, Antonio Sorrenti e Caterina Spina: ognuno di loro ha letto e fatto crescere a suo modo questo figlio di vetro. Mio padre e mia madre, per tanti di quei motivi che sarebbe impossibile elencarli tutti. I sangiorgesi, per l'entusiasmo con cui mi seguono a distanza.

Indice

p. 5 La tv dei ragazzi
57 I giorni dei morti viventi
132 Starsky e Hutch
148 Dissolvenze
159 Interrompiamo le nostre trasmissioni

165 *Nota dell'autore*

Stampato per conto della Casa editrice Einaudi
presso Mondadori Printing S.p.A., Stabilimento N. S. M., Cles (Trento)
nel mese di gennaio 2007

C.L. 18562

Ristampa | Anno
0 1 2 3 4 5 6 | 2007 2008 2009 2010